MEU DESTINO É SER ONÇA

MEU DESTINO
É SER ONÇA

2ª edição

Alberto Mussa

Rio de Janeiro
2024

Copyright © Alberto Mussa, 2023
Capa: Angelo Bottino
Ilustração de capa: Aislan Pankararu
Miolo: Ilustrarte Design

Todos os direitos reservados. É proibido reproduzir, armazenar ou transmitir partes deste livro, através de quaisquer meios, sem prévia autorização por escrito.

Texto revisado segundo o Acordo Ortográfico da Língua Portuguesa de 1990.

Direitos desta edição adquiridos pela
EDITORA CIVILIZAÇÃO BRASILEIRA
um selo da
EDITORA JOSÉ OLYMPIO LTDA.
Rua Argentina, 171 — Rio de Janeiro, RJ —
20921-380 — Tel.: (21) 2585-2000.

Seja um leitor preferencial Record.
Cadastre-se no site www.record.com.br
e receba informações sobre nossos lançamentos e nossas promoções.

Atendimento e venda direta ao leitor:
sac@record.com.br

CIP-BRASIL. CATALOGAÇÃO NA PUBLICAÇÃO
SINDICATO NACIONAL DOS EDITORES DE LIVROS, RJ

M977m
2. ed.

Mussa, Alberto, 1961-
Meu destino é ser onça / Alberto Mussa. - 2. ed. - Rio de Janeiro : Civilização Brasileira, 2024.

ISBN 978-65-5802-106-3

1. Índios Tupinambá - Religião e mitologia - Ensaios. 2. Ensaios brasileiros. I. Título.

23-85713

CDD: 869.3
CDU: 82-3(81)

Meri Gleice Rodrigues de Souza - Bibliotecária - CRB-7/6439

Impresso no Brasil
2024

agradeço

a Eduardo Viveiros de Castro, pelo incentivo,
pela cessão do texto principal em que este livro se baseia;

e a Stéphane Chao, pela amizade,
pela revisão das traduções do francês quinhentista

para Elaine,
sua beleza, sua alegria,
profundamente brasileiras

aos meus anônimos antepassados,
fundadores da minha linhagem materna,
que – nos seus tempos de glória –
mataram e comeram muitos inimigos

sumário

tupinambá, tupi, tupi-guarani	13
ortografia tupi	15
no rastro dos tupinambá	17

preâmbulo — 25

MEU DESTINO É SER ONÇA

o mito	31
um ornamento para o céu	33
a assembleia dos pássaros	37
demanda da terra-sem-mal	43
dois cocares de fogo	49
o gambá e a onça	55
o pau e a pedra	61
na era das metamorfoses	65
o dilúvio universal	69
a terceira humanidade	73

a teoria — 77

FONTES

Textos de Thevet	83
Cosmografia universal	87

História de André Thevet Angoumoisin 109

As singularidades da França Antártica 129

Outros cronistas

Pigafffeta 137

Nóbrega 139

Staden 145

Léry 149

Anchieta 153

Gabriel Soares de Sousa 157

Gândavo 161

Cardim 163

Anthony Knivet 169

Francisco Soares 173

Jácome Monteiro 175

Abbeville 179

Yvers D'Évreux 187

Diálogo das Grandezas do Brasil 193

Vicente do Salvador 195

Simão de Vasconcelos 197

APÊNDICE

Esquema do rito canibal 199

posfácio

Nosso destino é ser onça, por Gabriel Haddad e
Leonardo Bora 205

tupinambá, tupi,
tupi-guarani

NA ÉPOCA DA INVASÃO PORTUGUESA, quase toda a costa do Brasil era ocupada por povos falantes de uma única língua, conhecida por "língua brasílica", "língua geral", "língua geral da costa", "tupi antigo" ou simplesmente "tupi".

Embora admitissem descender dos mesmos antepassados, embora possuíssem um patrimônio intelectual comum, não constituíam um povo, no sentido estrito do termo, por estarem divididos em diversos grupos com identidade própria, muitas vezes antagônicos entre si – como os tupiniquim, temiminó, caeté, tupinaé, potiguara, carijó, talvez os guaianá.

Os tupinambá, também falantes do tupi, formavam um desses grupos com identidade própria; e habitavam faixas costeiras da Bahia, do Maranhão (a partir do século 17) e do Rio de Janeiro – onde eram mais conhecidos por tamoio.

Embora, na literatura colonial brasileira, o vocábulo "tupi" também se aplique, em sentido estrito, aos tupiniquim de São Paulo, neste livro só designa o idioma comum a todos esses grupos, que também foi a língua corrente de grande parte das populações mameluca e europeia até o século 18, quando seu uso foi expressamente proibido pelo marquês de Pombal.

Os linguistas tratam hoje o guarani como um idioma autônomo, mas na época colonial esse termo designava um mero dialeto regional do tupi, falado pelos carijó e provavelmente pelos guaianá, além de outros grupos da bacia do Paraná e Paraguai. Basta lembrar que Ruiz de Montoya deu à sua gramática o nome de *Arte de la lengua guaraní o más bién tupi*.

Mas nem por isso se devem confundir "tupi" ou "guarani" com "tupi-guarani". Esta última expressão não designa um povo, nem uma língua, nem uma cultura. Tem alcance unicamente teórico e identifica uma família de línguas em que figuram, por exemplo, o tupi (como o defini acima) e muitos idiomas ainda falados no Brasil e países vizinhos.

Quando se diz que duas ou mais línguas pertencem à mesma família linguística, implícito está o pressuposto de que derivam todas de uma mesma língua ancestral. O caso da família tupi-guarani é análogo, por exemplo, ao da família românica, ou neolatina, que reúne o português, o galego, o espanhol, o francês, o catalão, o italiano – todas descendentes do latim e muito semelhantes entre si.

ortografia tupi

O TUPI ANTIGO NUNCA FOI estável, no que concerne à ortografia. Anchieta, na sua *Arte de gramática da língua mais usada na costa do Brasil*, aproxima quanto pode o tupi do português. Foi a tendência que prevaleceu. Tanto que Gonçalves Dias, no seu *Dicionário da língua tupi*, rejeita o conselho do mestre alemão que lhe sugeriu uma ortografia fundada em estritos princípios fonológicos.

No século 20, dado o prestígio da ciência em detrimento do bom-senso, o registro escrito do tupi antigo foi ficando mais preciso, do ponto de vista linguístico – e mais difícil de ser pronunciado, para os falantes do português do Brasil, que são os mais imediatamente interessados no idioma clássico. Ora, se eu posso escrever *jandaia* e *guaçu* e ler "jandaia" e "guaçu", por que optar por coisas como *îanaîa* ou *ûasu*?

A única exceção – pela absoluta inexistência de som similar em português – fica por conta do *y*, que Anchieta e outros grafaram *ig*. Essa vogal dá a impressão de ser uma mistura entre "u" e "i", pois se pronuncia como se fosse "u" sem arredondar os lábios. De uma certa forma, é o inverso do "u" francês, que é um "i" com arredondamento dos lábios.

Digno de nota é o *r* do tupi, que soa sempre como em "tora", nunca como em "rato", mesmo no início de palavra. Há, é claro, outras peculiaridades de pronúncia, irrelevantes para a compreensão escrita do idioma.

no rastro dos tupinambá

HÁ PELO MENOS 11 MIL anos – data bem antiga para a América do Sul – a Amazônia brasileira passou a ter ocupação humana. Ao longo dos milênios, os primitivos habitantes adquiriram um conhecimento profundo daquele ambiente inóspito e selvagem; e diversas culturas, ricas e originais, foram despontando na floresta.

Foi na Amazônia, mais especificamente na região de Santarém, no Pará, que surgiu, há 8 mil anos, a mais antiga cerâmica do continente, também das mais antigas do mundo. Foi na Amazônia que uma grande variedade de plantas foi domesticada – entre as quais, a mandioca, cuja manipulação vem de uns 4 mil anos. E foi na Amazônia que emergiram, no início da Era cristã, a legendária civilização marajoara e sua típica cerâmica policromática.

Há muitos indícios de que os povos amazônicos influenciaram profundamente a vida de outras populações ameríndias, estendendo sua penetração intelectual até os Andes, antes que surgissem as "evoluídas" civilizações andinas.

Numa época ainda muito difícil de identificar, por razões ainda também ignoradas, certo povo da floresta abandonou sua região nativa para iniciar um dos maiores processos migratórios das Américas. Falo dos ancestrais dos povos de língua tupi-guarani, que podemos chamar de proto-tupi-guarani.

Os antepassados dos povos que falariam línguas tupi-guarani viviam provavelmente em torno do alto rio Madeira, em Rondônia – porque é lá que se concentra o maior número de idiomas geneticamente ligados à família tupi-guarani. Embora as pesquisas arqueológicas sejam ainda incipientes, não é difícil imaginar que tomaram o sentido norte-sul, em direção às bacia do Paraguai e do Paraná, alcançando mais tarde o litoral sul do Brasil, para voltar a se expandir no sentido sul-norte, até o Ceará – sempre fugindo do cerrado e preferindo as matas mais fechadas.

Essa é, evidentemente, apenas uma das hipóteses. O que se sabe é que os estilos cerâmicos atribuídos aos proto-tupi-guarani estão bem documentados no sul do Brasil e no Rio de Janeiro desde pelo menos o segundo século da nossa Era. E que foram os tupi (subgrupo dos tupi-guarani) importantes difusores do cultivo da mandioca.

Talvez não seja coincidência que a cerâmica tupi-guarani seja policromática, como a marajoara; e que se localize precisamente na bacia do rio Madeira a região onde a mandioca foi domesticada pela primeira vez.

Nos tempos históricos, vamos encontrar os guarani distribuídos desde o Rio Grande do Sul até São Paulo; e os tupi, de São Paulo ao Ceará; e depois no Maranhão. As tribos tupi – entre as quais os tupinambá – plantavam mandioca e dela extraíam a farinha, sua fonte fundamental de carboidratos. Fabricavam cerâmica policromática. Eram grandes canoeiros, capazes de formar uma armada de até 200 canoas, com

20 guerreiros em cada uma. Eram mestres da arte plumária. Tinham uma organização social praticamente anárquica, pois seus "comandantes" não tinham poder de instituir leis, não tinham poder de julgar, não tinham poder de mandar – eram apenas respeitados, admirados, seguidos como exemplo, porque tinham prestígio, que decorria do talento individual. Tinham o céu completamente mapeado; e eram capazes de medir o tempo e prever fenômenos naturais através das estrelas.

As tribos tupi se dividiam em aliadas e inimigas. Faziam guerras constantes, anuais. Os vencedores não tomavam o território dos vencidos, não cobravam tributos, não faziam escravos, não saqueavam riquezas, não buscavam obter nenhuma vantagem econômica. Capturavam inimigos apenas para matar e comer.

Os tamoio, como eram conhecidos os tupinambá da banda ocidental da baía de Guanabara (que habitavam o litoral, do Rio de Janeiro até Angra dos Reis), eram inimigos irreconciliáveis dos temiminó, que viviam na ilha do Governador e em Niterói; e dos tupiniquim, senhores do litoral e de vastas zonas do interior de São Paulo.

Esses índios também combatiam povos tapuias – inimigos que não pertenciam às etnias tupi-guarani e falavam predominantemente línguas do tronco macro-jê: como os goitacá, da foz do rio Paraíba do Sul; e os aimoré, que viviam entre o norte do Espírito Santo e o sul da Bahia.

Os tamoio – certamente antes da chegada de Tomé de Sousa, em 1549 – haviam feito uma aliança com os franceses, que tentavam estabelecer uma colônia no Brasil, a França Antártica. Por isso, tornaram-se inimigos mortais dos portugueses, aliados dos tupiniquim e temiminó – coletivamente chamados tabajara.

As duas cidades do Rio de Janeiro – tanto a extinta, nascida na Urca em 1º de março de 1565, quanto a atual, plantada no saudoso morro do Castelo em 20 de janeiro de 1567 – só foram fundadas por causa da aliança entre tamoios e franceses – fundamento militar da malograda França Antártica.

Muito se escreveu sobre o extermínio dos índios brasileiros. A ideia imediata é a de que os portugueses promoveram um imenso genocídio. Isso é apenas parcialmente verdadeiro, pelo menos no que tange ao século 16 e à extinção dos tupinambá.

É verdade que os tupinambá foram definitivamente derrotados na batalha de Uruçumirim (atual praia do Flamengo); é verdade que a grande maioria se embrenhou pelos sertões (por isso creem alguns que os tupinambá do Maranhão eram originariamente "cariocas"); é verdade que grande número de tamoios, particularmente de tamoias, foi escravizado pelos portugueses (e uma referência a isso aparece nas *Memórias da rua do Ouvidor*, de Joaquim Manuel de Macedo); só não é verdade que essa guerra foi perdida para os colonizadores.

Embora houvesse interesse e participação dos europeus, as guerras do século 16 foram essencialmente de índios contra índios. Os tamoio foram derrotados pelos temiminó. Por isso, ergueram em Niterói uma estátua de Araribóia, herói da resistência aos franceses. Por isso, nunca o Rio de Janeiro homenageou Cunhambebe, Aimberê ou Pindobuçu – considerados, injustamente, traidores da pátria.

Mas o que matou os tupi não foram as guerras – e sim as epidemias de gripe e varíola, contra as quais os indígenas não estavam biologicamente preparados, não possuíam resistências orgânicas capazes de combatê-las. Essa foi a razão principal da extinção de índios, no século 16. Se não me engano, Anchieta chega a mencionar uma baixa de 60 mil indivíduos, num único surto desses. Nenhuma guerra indígena matava 10% desse contingente.

Fica, assim, uma estranha sensação: a de que nós, brasileiros, não temos nada a ver com os tamoio, nem com os tupiniquim, nem com os temiminó, caeté ou potiguara; e muito menos com os tapuia – goitacá, puri, aimoré, pataxó, tremembé, charrua, mongoió, tarairiú, cariri, carajá, guaicuru, jaicó, e muitos outros.

É uma ilusão. Porque as fontes históricas são pródigas, explícitas e enfáticas em demonstrar que houve uma intensa miscigenação entre homens portugueses e mulheres indígenas – em geral, tupi e tapuias da costa. Aliás, Caramuru e Paraguaçu – casal mítico de quem descendem quase todos os baianos – são o símbolo por excelência desse Brasil mestiço, a quem pouco depois se somariam os africanos.

Mas esses fatos não são apenas mitológicos. Estudos genéticos muito recentes, comandados pelo doutor Sérgio Danilo Pena, demonstraram que cerca de 33% dos brasileiros autodenominados "brancos" descendem diretamente de uma antepassada indígena, por linha materna. Entre os classificáveis como "negros", esse percentual é de 12%.

Dados os percentuais médios de "brancos" e "negros" na população brasileira, pode-se afirmar que não menos de um quinto ou 20% dos brasileiros possui antepassados indígenas.

Esses números, aparentemente óbvios, são uma ilusão. Vou tentar explicar por quê.

Toda mulher deixa nas células de seus filhos uma certa marca genética, idêntica à que sua mãe deixou nela, marca essa que será retransmitida aos netos, através e unicamente de suas filhas.

Os pais não deixam essa marca nos filhos, mas têm neles as marcas de suas respectivas mães.

Ora, pelo menos 20% dos brasileiros têm linhagens maternas indígenas. Mas isso não quer dizer que apenas 20% *descendam* de índios.

Porque, se o pai de um indivíduo descender de índios, seus filhos também descenderão, embora não necessariamente possuam a marca genética específica que identifica isso, que só se herda da mãe.

Assim, estatisticamente, considerados pai e mãe, 36% dos brasileiros descende de índios, mesmo que parte desse grupo não possua a referida marca genética, por descender de indígenas apenas por via paterna.

Mas esse número também é falso. Porque cada indivíduo tem, necessariamente, além de pai e mãe, quatro avós. Se, como eu disse, a probabilidade de alguém ter marca genética que indique linhagem materna indígena é de 20%, considerados os quatro avós – se forem brasileiros –, são 59% os que descendem de índios.

No mesmo passo, considerados os bisavós, o percentual de descendentes indígenas atinge cerca de 83%.

Mesmo com todas as aproximações que os especialistas saberão que fiz, não são necessárias mais contas para que se possa afirmar que, no Brasil, a probabilidade de alguém ser descendente de indígena é muito alta, talvez muito próxima de 100% – já que o processo miscigenatório que deu origem ao fenômeno começou no século 16, bem antes da geração dos nossos bisavós.

Ou seja, *no Brasil, todo mundo é índio; só não é índio quem não é* – para concluir, roubando a frase clássica de Eduardo Viveiros de Castro.

É evidente que, dada a antiguidade e a intensidade dos contatos, os tupinambá entraram de forma maciça nesse processo. Logo, não estão extintos. O que se extinguiu foi a cultura tupinambá, tal como existia no século 16. Do ponto de vista biológico, tanto os tupinambás como outras centenas de etnias indígenas sobrevivem nos brasileiros modernos – seus descendentes imediatos.

Não sei o que ainda é necessário fazer para que as pessoas compreendam isso – que não estamos aqui faz apenas 5 séculos, mas há uns 15 mil anos.

Há 15 mil anos somos brasileiros; e não sabemos nada do Brasil.

preâmbulo

FOI NUM DAQUELES VELHOS SEBOS do centro do Rio que adquiri – não lembro se comprando exatamente – o volume 267 da famosa *Coleção Brasiliana*, intitulado *A religião dos tupinambás* – ensaio do antropólogo Alfred Métraux, traduzido e comentado pelo duvidoso Estêvão Pinto.

Eu era ainda um estudante de literatura, quase que exclusivamente interessado em temas africanos, e foi a leitura desse livro que me chamou a atenção para a beleza e a complexidade do pensamento indígena.

Esse entusiasmo me levou a estudar o tupi antigo e a pretender um título de doutor em linguística, sob a orientação da minha amiga Yonne Leite, com uma tese sobre as migrações pré-históricas dos tupi-guarani.

Mas abandonei a carreira acadêmica, não escrevi tese nenhuma e todas aquelas leituras me renderam apenas duas narrativas, que incluí no *Elegbara*: "A primeira comunhão de Afonso Ribeiro" e "O último Neandertal".

Só muitos anos depois, em 2004, quando voltei de uma longa imersão pelo universo árabe, retomei o livro de Métraux. E fiz uma coisa fundamental, que não tinha feito antes: li o apêndice.

Nesse apêndice, Métraux transcrevia excertos da *Cosmografia Universal*, obra do frade André Thevet, que fez pelo menos uma viagem ao Brasil, em 1555, e conviveu com os tupinambá.

Esse texto, ou pelo menos o pedaço que nos interessa, traz diversas histórias narradas pelos velhos tuxauas e é a fonte primária mais extensa de que se dispõe para o conhecimento da mitologia dos nossos antepassados.

Embora possa dar essa impressão, o relato do frade não constituía mera coletânea de aventuras soltas. As personagens de cada um dos episódios estavam ligadas por laços de parentesco. Mais que isso: formavam uma linhagem de heróis, que remontava ao princípio do mundo, protagonizando uma única narrativa, com início, meio e fim.

Apesar de sua forma oral me ser incógnita, logo me dei conta de estar diante de uma autêntica epopeia mítica, que tinha a mesma complexidade, a mesma importância, a mesma grandeza de suas congêneres – como a *Teogonia*, o *Livro dos Reis*, o *Enuma Elish*, o *Gênesis*, o *Popol Vuh*, o *Kalevala*, o *Kojiki*, os *Itan Ifa*, o *Rig Veda*.

Era um texto que teria merecido figurar em todos os cânones da literatura brasileira – fosse qual fosse a definição desse conceito. Mas nem as partes da *Cosmografia* que tratavam do Brasil tinham sido traduzidas para a língua portuguesa.

Senti, assim, um impulso irresistível de incorporar a epopeia tupinambá à nossa cultura literária. Para tanto, era insuficiente traduzir a prosa confusa de Thevet e recompor a ordem interna dos episódios: faltava essencialmente devolver à narrativa sua *literariedade*.

Explico melhor: embora tenha mostrado um grande interesse pelas histórias indígenas, Thevet não percebeu (e seria excessivo exigir isso) o sentido profundo dos textos míticos, o assunto fundamental de todos eles, que dá unidade às aventuras dos diferentes heróis e justifica suas vinculações recíprocas.

Por isso – porque quis fazer *literatura* – não me limitei a traduzir e anotar a versão francesa do frade. Produzi um texto novo, em português, que corresponde a um possível original tupi, no nível estritamente teórico do seu encadeamento lógico.

Pessoas que não denunciarei me acusaram de fraude. Porque o texto tupi – que eu dizia ter restaurado – nunca tinha sido escrito, nunca tinha sido *texto*, na estrita acepção do termo.

É, no fundo, um argumento tolo: o *texto* tupi não existiu, mas poderia ter existido. Além do mais, como toda narrativa é um processo racional e cumulativo – fundado em princípios similares aos das séries aritméticas – basta um certo número de fragmentos para que a restauração seja possível.

O relato de Thevet tem muitas partes incompletas. Ou porque o frade não foi capaz de se recordar de tudo, ou porque deixou de anotar certas passagens, ou porque os próprios índios, enjoados das perguntas, preferiram abreviar a narrativa.

Assim, para suprir as deficiências que os dados internos não sanavam, utilizei outras fontes primárias, produzidas essencialmente por missionários que conviveram com os tupinambá e referiram mitos ou trechos de mitos.

Muitas vezes é impossível distinguir se um fragmento mítico é tupinambá ou "tabajara" – como chamo, neste livro, outros grupos falantes de tupi que eram inimigos dos tupinambá, em especial os temiminó e os tupiniquim. Nesses casos, como é certo haver profundas semelhanças entre as respectivas mitologias, dei o mesmo valor a todas as informações.

Em meia dúzia de casos específicos, importei episódios de mitologias dos tupi modernos, particularmente do *Ayvu Rapytá*, texto guarani de profundíssima beleza, que é bastante similar ao recolhido por Thevet.

Creio que a reprodução das fontes que utilizei interessarão a todos os leitores.

Cumpre advertir, finalmente, que renunciei a uma restauração bilíngue, com o acréscimo de uma versão tupi. Embora seja um idioma clássico de conhecimento indispensável, esse imenso esforço talvez não aproveitasse a meia dúzia de leitores. E nem seria necessário: mitos estão em todas as línguas.

MEU DESTINO É SER ONÇA

o mito

um ornamento para o céu

NO PRINCÍPIO, O UNIVERSO ERA provavelmente muito escuro.

Talvez fosse formado por um espaço sólido, totalmente ocupado pelos morcegos originais, que batiam asas negras e eternas.

Ou apenas por uma absoluta escuridão, projetada pela sombra das corujas primitivas.

Nesse mundo inaugural, misterioso e obscuro, era o Velho.

Se foi criado, se criou a si mesmo, se existia desde sempre, só os caraíbas sabem exatamente.

O Velho tinha corpo, cabeça, braços, pernas; e segurava um cajado.

Alguma imperfeição deve ter insinuado no Velho o desejo de criar o céu.

E o céu foi feito de pedra.

E o Velho começou a caminhar por ele.

Todavia, quando olhava para cima, ainda via as trevas primitivas.

Deve ter sentido uma tal necessidade de beleza que, para ornamentar o céu, concebeu a terra – completamente lisa, completamente plana.

Achou tão bela essa nova criação que quis morar nela.

Mas o Velho estava só.

Foi quando decidiu criar a humanidade, esculpidos em troncos de árvores.

Para alimentá-la, o Velho fazia uma chuva fina fecundar a terra.

E da terra brotavam as árvores, e das árvores brotavam os frutos.

O pau de cavar ia sozinho desenterrar as raízes.

As flechas iam sozinhas caçar os animais.

Sem trabalho, os homens apenas comiam, bebiam e dançavam.

E o Velho frequentava todas as ocas, e dançava, bebia e comia com eles.

Os homens mostravam respeito pelo Velho: limpavam o caminho em que ele ia pisar.

Quando ele chegava, ofereciam uma rede, para que ele descansasse, e choravam diante dele.

De repente, no entanto, alguns homens começaram a se comportar como loucos.

Não limpavam mais o caminho do Velho; não ofereciam redes para ele descansar; não choravam mais diante dele.

E aquela loucura foi se tornando geral. E o Velho se sentiu completamente desprezado.

Revoltado com a ingratidão humana, o Velho voltou para o céu, abandonando os homens na terra.

Mas a raiva do Velho não ficou só nisso: porque ele sentiu dentro de si um sentimento novo – o desejo de vingança.

Então, para destruir a humanidade, o Velho fez descer do céu um fogo devastador.

No entanto, entre todos os homens, havia um deles que não era mau, que nunca tinha deixado de honrar Velho: o Pajé do Mel.

Assim, enquanto o fogo queimava a terra, enrugando e encrespando sua superfície – e formando as montanhas e as depressões – o Velho pôs o Pajé do Mel a salvo do fogo, numa região ainda hoje desconhecida.

O Pajé do Mel assistiu à fúria do incêndio, que matava os homens e aniquilava a terra.

"Velho, por que destruir o céu e o seu ornamento?"

"E agora? Onde faremos nossa oca?"

Mas logo percebeu que a intenção do velho era ficar no céu; e que ele, o Pajé do Mel, viveria sozinho naquele recanto da terra poupado das chamas.

"De que me servirá viver se não terei nenhum semelhante?" – dizia ele, e chorava.

O Velho, então, se comoveu.

E, com seu poder misterioso, criou Tupã.

E Tupã correu pelos quatro cantos do universo, provocando assim uma tremenda tempestade.

E o aguaceiro do céu extinguiu o fogo da terra.

E as águas torrenciais dessa chuva correram pelas montanhas e pelos regos formados durante o incêndio, arrastando as cinzas de tudo que fora queimado, até encher uma imensa depressão, dando origem ao mar.

Por isso, porque as águas do temporal provocado por Tupã arrastaram consigo as cinzas das coisas queimadas, o mar é tão salgado e de paladar tão ruim.

E o Velho, observando a terra, vendo que ela estava toda envolvida pelo mar, achou que tinha ficado ainda mais bela.

Por isso, moldou o Velho a primeira mulher, para que o Pajé do Mel povoasse a terra de pessoas melhores.

Quando o casal olhava para cima, podia ver o Velho, segurando seu cajado.

O Velho é Túibae, a primeira constelação que apareceu no céu.

a assembleia dos pássaros

OS FILHOS DO PAJÉ DO MEL com a primeira mulher foram se multiplicando.

E à medida que se multiplicavam, iam se espalhando pelas regiões incineradas, abandonando a terra onde o Pajé do Mel tinha sido posto a salvo do fogo e onde ainda vivia.

Este lugar – a terra-sem-mal – ainda conservava as virtudes dadas pelo Velho: os alimentos brotavam espontaneamente, flechas e enxadas agiam sozinhas, não havia morte.

No entanto, os filhos do Pajé do Mel se afastaram tanto da terra-sem-mal que acabaram esquecendo completamente o caminho que levava a ela.

Nesse tempo, só havia noite.

A pouca luz vinha do Velho, Túibae, que ficara no céu, deitado em sua rede.

Longe da terra-sem-mal, a vida era ruim.

Homens e mulheres eram imundos como animais, cheios de pelos sobre o corpo.

Como animais, ignoravam como fazer as coisas úteis que, na terra-sem-mal, se faziam por si mesmas: arcos, flechas, ocas, redes, cuias, cocares.

Como animais, não tinham noção de parentesco: os pais dormiam com as filhas, as mães com os filhos, irmãos com irmãs.

Era também como animais que se alimentavam: comiam ervas, comiam raízes, comiam carniça.

E não sabiam se defender dos espíritos terríveis que desde então habitam o mundo e ainda geram a morte.

Nas praias, eram mortos pelo Boitatá, uma serpente de fogo que aparece de repente e mata de repente.

Se entrassem nos rios ou no mar, eram mortos pelos Ipupiara, espíritos dos mortos que habitam as regiões profundas.

Na mata, eram espancados até a morte pelo Curupira.

Por todos os lugares, eram vítimas do Cururupeba, do Taguaíba, do Taguaí-pitanga, do Macaxera.

O Abaçaí os possuía, penetrando neles, e os levava à morte.

Às vezes, maranguiguara, que são as almas separadas dos corpos, vinham anunciar a si mesmos que iam morrer.

Mas, sobretudo, eram vítimas do mais terrível dos espíritos: os anhanga, que eram as almas dos primeiros homens, mortos no incêndio.

Os anhanga vivem no fundo das águas.

Mas às vezes vêm até à terra, aparecendo aos homens sob diversas formas, para matar, espancar, atormentar.

Tomando a forma de teiús, fazem as mulheres dormirem para terem relações com elas, gerando lagartos em vez de crianças.

Os anhanga devoravam todos os cadáveres, que naquele tempo ainda não eram sepultados corretamente, e aniquilavam as almas – para sempre.

Quando já muita gente povoava a terra, surgiu um homem chamado Maíra.

Maíra não era uma pessoa comum, porque era capaz de subir ao céu, onde era recebido amistosamente pelo Velho.

Maíra também conhecia o caminho da terra-sem-mal.

Foi Maíra quem começou a organizar a vida humana, a ensinar aos homens as coisas que eram boas.

Foi ele quem deu a rede de dormir e a louça de cozinhar.

Foi ele o primeiro que depilou o corpo e determinou aos maridos que depilassem os pelos pubianos das mulheres.

Foi ele o primeiro que tonsurou os cabelos em forma de coroa.

Foi ele quem ensinou aos homens quais plantas deveriam comer, quais faziam mal.

Foi Maíra quem proibiu a carne dos animais lentos e pesados.

Foi ele quem proibiu o casamento entre pai e filha, entre mãe e filho, entre tio paterno e sobrinha, entre tia materna e sobrinho, entre irmão e irmã.

Foi Maíra quem ensinou como oferecer presentes, como flechas, adornos de penas e abanadores, para enganar o Curupira.

Foi Maíra quem ensinou como expulsar Abaçaí, amarrando pés e mãos da pessoa possuída, e aplicando açoites nela.

Foi também Maíra quem roubou o fogo.

Certo dia, indo visitar a aldeia onde moravam seu tio materno e sua mãe, Maíra percebeu um estranho silêncio.

Com cuidado, foi se aproximando, de maneira a não ser visto por quem estivesse ali.

E viu: seu tio estava morto, sua mãe estava morta, toda a aldeia estava morta.

Ao redor dos cadáveres insepultos, havia uma assembleia de pássaros.

E Maíra viu: os pássaros se perguntavam se as pessoas estavam mesmo mortas.

Uns diziam que sim, outros que não; e todos chegavam perto dos corpos com cautela.

Foi quando o Caracará arranhou o rosto do tio, que não se mexeu.

O Caracará arrancou os olhos dele, para comer.

Foi quando Maíra viu uma coisa impressionante:

O Guaricuja, poderosa ave de rapina, pegou dois pedaços de pau, atritou um contra o outro e fez fogo, com que acendeu uma fogueira para cozinhar os olhos arrancados pelo Caracará.

Fez isso também com a carne dos defuntos.

Maíra se aproximou mais para ver e compreender como ele fazia; mas os pássaros notaram sua presença.

E se prepararam para o ataque.

Imediatamente, Maíra se fingiu de morto.

Os pássaros chegaram, com fome, furiosos, achando que Maíra estivesse vivo, porque tinham percebido o movimento dele.

Mas Maíra imitou perfeitamente a imobilidade dos mortos; e começou inclusive a cheirar como se tivesse a carne em decomposição.

Os pássaros, então, confiantes, rodearam Maíra, para assá-lo na fogueira.

Foi quando Maíra se levantou de súbito, como se estivesse voltando da morte.

Houve uma debandada geral, os pássaros bateram as asas, assustados com a ressurreição de Maíra.

Na confusão, o Jacu passou muito perto da fogueira e saiu com o pescoço em chamas.

E o Urubutinga, neto do Guaricuja, fugiu para o céu e nunca mais desceu.

Maíra, então, roubou o fogo do Guaricuja e passou a entregá-lo aos homens.

Sempre que precisavam, as pessoas iam até Maíra, que lhes dava um tição.

Maíra ensinou como cozinhar os alimentos.

É o uso do fogo, o comer carne cozida, que fez a humanidade ser diferente dos animais.

E é também com o fogo que os homens passaram a afugentar anhanga, quando saem da oca, à noite.

demanda da terra-sem-mal

NA ÉPOCA EM QUE MAÍRA começou a fazer incríveis maravilhas, surgiu Sumé, grande caraíba, que tinha o poder de se transformar em onça e de fazer o pau se transformar em pedra.

Sumé era inimigo de Maíra.

Por causa de uma mulher, que os dois compartilharam e engravidaram.

Mas Maíra não conseguia matar Sumé; nem Sumé conseguia matar Maíra. E seus parentes viviam em paz.

Assim, na taba de Nhandutinga, parente de Maíra, veio morar Ajuru, parente de Sumé.

Ajuru vinha para servir ao sogro e se casar com Inambu, conforme a lei ensinada por Maíra.

Todavia, nem todos faziam as coisas como Maíra ensinava.

Certo dia, aproveitando o momento em que Ajuru saíra para a caça, Suaçu, irmão de Inambu, subiu sorrateiro na rede da própria irmã, que estava grávida, e violou a lei do incesto estabelecida por Maíra.

Inambu, que não reagira, também ficou grávida de Suaçu.

Embora tivesse ficado calada, Ajuru percebeu que a gravidez da mulher era anormal.

Assim, foi consultar Sumé, o inimigo de Maíra.

Sumé revelou a verdade a Ajuru.

Indignado, Ajuru jurou vingança; e Sumé deu a ele a ibirapema, uma enorme maça capaz de arrebentar o crânio de uma pessoa.

E Ajuru convidou Suaçu para fazerem uma caçada.

À noite, quando estavam no mato, dentro de uma cabana feita de bambu, Ajuru esperou o cunhado dormir e esmigalhou, com a ibirapema, a cabeça de Suaçu.

Todavia, para não ser descoberto, pôs fogo na cabana e comeu, inteiro, o corpo de Suaçu – que ficara assado com o incêndio.

E Ajuru mentiu, dizendo que Suaçu tinha se perdido no mato.

Os outros homens, que de nada desconfiavam, em vão procuraram Suaçu, e tocaram suas flautas e bateram com os pés no chão.

Todavia, a angüera de Suaçu enviou o Matintaperera, como seu mensageiro.

E o Matintaperera cantou, à noite, perto da taba de Nhandutinga.

Nhandutinga compreendeu a mensagem: era Suaçu que pedia vingança.

Então, num dia em que os homens foram ao rio, uma enorme muçurana contou a Nhandutinga a história da morte de Suaçu.

Nhandutinga, então, trazendo a imensa cobra, acusou Ajuru na frente de todos.

Ao se ver cercado pelos parentes de Suaçu, Ajuru tentou fugir.

No entanto, sentiu as pernas ficarem pesadas e foi logo alcançado por Nhandutinga.

E foi com a própria muçurana que Nhandutinga amarrou Ajuru.

Quando chegaram na taba, Ajuru foi entregue à guarda das mulheres.

E elas riram dele, dizendo: "Somos nós que estiramos o pescoço dos pássaros; como você é papagaio, voando fugiria."

E passaram a dançar em volta dele; e o obrigaram a dançar a dança do veado, em homenagem ao espírito de Suaçu.

Nhandutinga determinou que Ajuru seria morto por Uiruçu e depois devorado por todos os parentes de Suaçu.

A taba esperou ansiosa a execução do prisioneiro.

E Inambu, chorando, se despediu do marido.

E eles beberam cauim com Ajuru, para se despedirem dele.

Na hora aprazada, Uiruçu dançou na frente de Ajuru, mostrando como ia matá-lo.

Foi quando surgiu Inambu, trazendo a ibirapema.

Ajuru não sentiu medo e injuriou Uiruçu, dizendo que seus parentes viriam vingá-lo.

Antes de Uiruçu executá-lo, Maíra apareceu e, passando a ibirapema entre as pernas, ensinou o que devia ser feito.

E devolveu, depois, a ibirapema ao matador.

Ajuru levou uma pancada na nuca, tão forte que lhe arrebentou a cabeça.

Uiruçu ganhou um nome novo e fez uma incisão no corpo, com um dente de cotia.

A carne de Ajuru foi moqueada e comida pelos outros, exceto por Uiruçu.

Os dentes viraram colares, os ossos viraram flautas, o crânio foi posto na entrada da taba.

Assim é a vingança.

Só os que se vingam têm possibilidade de superar as provas terríveis da morte e atingir a terra-sem-mal.

Quanto mais nomes tenha uma pessoa, mais forte ela se torna após a morte.

Os que realizam grandes vinganças, morrem com a cabeça quebrada e são devorados, vão para as provas da morte muito fortes.

Os que morrem de morte natural devem ser primeiro ornamentados como se ornamentara Ajuru: corpo pintado de jenipapo, coberto de penas vermelhas e pés pintados de urucum.

Isso porque só podem atingir a terra-sem-mal os que estão pintados como inimigos.

Depois, devem ser enterrados de maneira a não ter contato com terra, para não serem devorados por anhanga.

Quando o cadáver fica completamente decomposto, a angüera – a alma do morto – inicia a demanda da terra-sem-mal.

Deve ser corajosa, levar fogo para enfrentar anhanga, além de sua enxada, seu machado, seu arco, suas flechas, água e comida.

Deve evitar a terra dos inimigos, para não ser aniquilada.

E superar as outras misteriosas provas da morte.

Mas só as angüera dos valentes passam, e ficam para sempre dançando e cantando com os antepassados.

A angüera dos covardes, daqueles que não vingam seus parentes, não conseguem superar as provas, voltam para morar nas taperas.

E são para sempre ameaçadas por anhanga.

Maíra ensinou que a angüera de Suaçu tinha sido o primeiro guajupiá – alma do morto que pede vingança, para ter licença de entrar na terra-sem-mal.

Quando a taba tivesse muitos mortos, muitos guajupiá, devia ser mudada de lugar.

Isso para evitar que os guajupiá, que rondam as próprias sepulturas, abreviem a vida das pessoas.

Maíra ensinou ainda como fazer as crianças se tornarem valentes na guerra: dar aos recém-nascidos garras de onça e penas de harpia; e riscar as costas dos meninos com dentes de cotia.

E os homens se dividiram em metades canibais: os parentes de Ajuru passaram a se vingar, matando e comendo os de Suaçu; e os de Suaçu se vingavam de novo, matando e comendo os de Ajuru.

Por isso, a guerra nunca mais terminou.

Maíra ainda pegou uns tições de fogo e criou com eles os tapuias, e ensinou a eles línguas diferentes, para que os homens de verdade pudessem comê-los e se divertir.

Inambu se transformou em pássaro e pôs dois ovos: um era filho de Ajuru, outro de Suaçu.

Maíra transformou os ovos em estrelas.

Nhandutinga subiu até o céu, onde estava o Velho.

E lá se pode vê-lo, tentando comer os ovos de Inambu.

Porque um é do filho do inimigo; e o outro, do incesto.

Ajuru fez uma coisa proibida: comeu a carne do inimigo que ele mesmo matou.

Assim, não pôde atingir a terra-sem-mal.

Por isso, sua angüera foi transformada em papagaio.

O Matintaperera passou a ser o mensageiro dos guajupiá – que avisam aos vivos se devem ou não ir à guerra, se matarão ou não os inimigos.

Os ovos que o Matintaperera põe, um em cada lugar, são chocados pelos guajupiá.

O Matintaperera é um pássaro proibido, que come terra, por isso não se pode comê-lo, nem magoá-lo.

Sempre que caçam um veado, os homens deixam os quartos traseiros na mata, porque se o comessem ficariam com as pernas pesadas, como aconteceu com Ajuru.

Maíra ainda ensinou como trançar uma corda forte, de algodão, para amarrar as vítimas.

Essa corda faz hoje o papel da muçurana; e tem o mesmo nome da cobra.

dois cocares de fogo

Maíra e Sumé não eram, nesse tempo, os únicos homens que faziam maravilhas.

Entre os descendentes do Pajé do Mel, e parentes de Maíra, surgiu um outro, também muito poderoso, que tinha intimidade com o Velho e podia visitá-lo.

Por ter esse poder e por ser também horrivelmente feio, era às vezes chamado de Poxi.

Poxi, apesar de feio, desejou se casar com a filha de um grande tuxaua, chamada Cunhã-eté.

Seguindo a lei estabelecida por Maíra, Poxi foi residir com o futuro sogro, para caçar e pescar para ele.

Poxi era excelente genro, porque, sendo grande feiticeiro, obtinha imensas quantidades de caça e pesca.

Apesar disso, não era querido – por ser muito feio.

E o pai de Cunhã-eté não queria entregá-la a Poxi, preferindo na verdade um genro mais bonito.

Certa vez, Poxi trouxe do rio um grande peixe e Cunhã-eté, cobiçosa, pediu um pedaço.

Poxi deu; e, quando ela mastigou, sentiu que ficara grávida.

Antes dos nove meses, deu Curumirim à luz.

Curumirim crescia num dia o que as crianças comuns cresciam em seis meses.

Todos se espantaram, inclusive a mãe de Cunhã-eté, que vigiava muito a filha.

Cunhã-eté foi acusada por todos, mas se defendeu, afirmando que nunca um homem tinha encostado nela.

O tuxaua, então, mandou reunir todos os homens, que deveriam trazer seus respectivos arcos.

Os arcos foram postos no terreiro central da taba e o tuxaua mandou que a criança escolhesse um deles.

Curumirim, porém, não escolheu nenhum.

É quando o tuxaua se lembra de convocar Poxi – embora fosse inimaginável ter sido ele o amante de Cunhã-eté.

Poxi, então, pôs seu arco junto dos demais.

E foi o arco de Poxi que Curumirim apanhou.

Curumirim escolhera o arco do pai.

Poxi, então, foi insultado; e expulso da taba, com Cunhã-eté e Curumirim.

Mas Poxi sabia como chegar à terra-sem-mal.

E levou com ele Curumirim e Cunhã-eté, por um caminho que todos ignoravam, para além das altas montanhas.

Enquanto a família de Poxi vivia em abundância, na taba do tuxaua as pessoas passavam muita fome.

Poxi, então, mandou a mulher visitar os parentes, levando comida.

Mandou também que ela os convidasse para virem à terra-sem-mal, desde que – quando chegassem – não tocassem na comida antes de falarem com ele.

Ela foi com o filho – que recebera o nome de Guapicara –, levando milho e batata-doce, e fez o que Poxi determinou.

Os parentes de Cunhã-eté tinham fome; e aqueles alimentos desconhecidos deixaram todos eles maravilhados.

Assim, embora tivessem ódio de Poxi, decidiram aceitar o convite.

Quando chegaram na terra-sem-mal, guiados por Guapicara, viram que havia feijão, abóbora, batata-doce, mandioca, e muitas frutas diferentes.

Famintos, começam a pegar tudo, mesmo advertidos de que Poxi ficaria zangado.

E começaram a se transformar em caititus, maracanãs, canindés e outros tipos de pássaros, tão logo terminavam de comer.

Dos que foram, restaram muito poucos, além do pai e da mãe de Cunhã-eté.

E eles lamentaram, por terem atendido ao convite de Poxi – que nunca deixaram de odiar.

Poxi, então, apareceu; e disse ao sogro que – para evitar as metamorfoses – deviam se lavar com a água de um pote, que Cunhã-eté traria.

O tuxaua, desconfiado, em vez de esperar o pote que a filha traria, foi se lavar num rio.

E, imediatamente, se transformou num jacaré.

A sogra de Poxi também se lavou nesse rio e virou um tracajá.

Os demais, apavorados, tentaram fugir e se transformaram em grilos e outros insetos.

Poxi, vingado, retorna com a família.

Todavia, não consegue ser feliz, porque Cunhã-eté continua sentindo por ele a repugnância de antes, em virtude da sua tremenda feiura.

Assim, com ódio da mulher, abandona tudo e vai para o céu.

Antes, porém, Poxi se transformou a si mesmo no mais belo homem do universo.

Guapicara, que tentou segui-lo, virou uma grande pedra que passou a separar o mar da terra.

Outros que tentaram seguir Poxi também foram petrificados, ou foram transformados em várias espécies de peixes e animais.

Depois de um tempo, Maíra fez o filho de Poxi voltar à forma humana e se tornar um grande caraíba.

Guapicara cria então o ornamento de cabeça, o canitar, com plumas de diversas aves.

Guapicara, no entanto, quis fazer para si um canitar de fogo.

Um companheiro de Guapicara, Saracura, admirado da beleza daquele ornamento, exige, de um jeito arrogante, que ele lhe entregue o canitar.

Guapicara pede que Saracura espere o término do trabalho.

O outro insiste, apressado em ter o canitar.

E Guapicara, irritado, mete o adereço na cabeça dele.

Saracura fica todo queimado e imediatamente se transforma numa ave – que por isso ainda tem as marcas da queimadura provocada pelo canitar de fogo.

Depois, também por ordem de Maíra, Guapicara vai para o céu, onde estava seu pai, e faz para ele um outro canitar de fogo, muito maior que o primeiro.

Poxi – agora chamado Cuaraci –, quando pôs o imenso canitar feito pelo filho, passou a ser visto por todos em sua profunda beleza.

E assim criou-se o dia – porque o canitar de Cuaraci é o próprio Sol.

A noite só reaparece quando Cuaraci tira o canitar, para dormir.

Guapicara é a estrela que acompanha o Sol de perto.

o gambá e a onça

ANTES DE SUBIR AO CÉU, Guapicara teve um filho, também capaz de fazer maravilhas.

Era chamado de Andejo, porque gostava de fazer longas caminhadas pela mata.

O Andejo tinha o poder de prever o futuro, consultando o espírito Uiucirá.

Era recebido em todas as tabas com muita honra e muito choro.

Construíam para ele uma cabana na praça central e ele se isolava lá dentro, vibrando o maracá que invocava Uiucirá e dava todas as respostas.

O Andejo tinha uma mulher.

Quando ela ficou grávida, o Andejo sentiu uma vontade irresistível de empreender uma longa viagem.

E o Andejo foi.

A mulher tentou acompanhá-lo; mas – como estivesse muito pesada – não suportou o esforço e parou para descansar.

O Andejo, no entanto, desejando testá-la, seguiu sozinho.

Assim abandonada, a mulher tentou reencontrar o marido; e pediu ao filho, que ainda estava dentro da sua barriga, que indicasse o caminho.

O filho do Andejo, de dentro da barriga, foi orientando a mãe – que ia lhe dando mel, frutas e outros alimentos.

As coisas iam indo bem, até que o filho do Andejo – que iria se chamar Jaci – pediu à mãe certos legumes do mato.

Mas ela se recusou a colher os legumes, talvez porque tivesse pressa; e seguiu adiante.

Indignado com essa atitude, Jaci parou de falar.

Em vão tentou a mãe fazê-lo mudar de ideia.

Assim, acabou extraviada, no meio do mato.

Certo dia, depois de muito caminhar a esmo, a mulher do Andejo acabou se deparando com um homem chamado Sarigüê.

Sarigüê, além de feio, cheirava muito mal.

E Sarigüê convidou a mulher do Andejo para ir descansar na sua oca.

Sem perceber as reais intenções de Sarigüê, estando muito cansada, ela se deitou na rede e dormiu profundamente.

Sarigüê, então, aproveitando esse descuido, deitou ao lado dela, meteu nela e – assim que obteve seu prazer – se transformou num gambá.

Mas deixou a mulher do Andejo grávida de um segundo filho – que iria se chamar Pirapanema.

Com dois filhos no ventre, ainda mais pesada, a mulher do Andejo continuou buscando o marido, sem sucesso.

Tempos depois, ela chegou numa grande taba de parentes de Sumé.

Sumé tinha dado a eles o poder de se transformarem em onças.

O tuxaua deles, Jaguar, convidou a mulher do Andejo para ficar na taba.

Mas, à noite, enquanto ela dormia, Jaguar se transformou em onça, arrancou a mulher da rede e a fez em pedaços, para comê-la e distribuir a carne entre seus parentes.

O filho do Andejo, Jaci, e o filho de Sarigüê, Pirapanema, foram jogados fora, como se fossem parte dos excrementos da mãe.

No dia seguinte, uma velha, que saíra para procurar raízes, achou os gêmeos, brincando na sujeira, e levou os dois para a aldeia, com o intuito de criá-los.

E eles começaram a crescer mais belos e mais fortes que os demais.

E, porque tinham poderes, davam à mãe adotiva tudo o que ela precisava.

Na época da apanha do juá, a velha mandou os dois atrás dos frutos.

Os irmãos obedeceram; mas, certa noite, quando já estavam longe, ouviram o piado do Matintaperera.

E compreenderam que era uma mensagem da mãe legítima.

Os irmãos, assim, ficaram sabendo a verdade sobre o massacre.

E decidiram vingar a mãe.

Assim, voltaram com uns poucos frutos, dizendo que havia um lugar com uma infinidade de juás para colher.

A mãe adotiva, sem perceber a armadilha, chamou a tribo inteira para acompanhá-los, no dia seguinte.

Como o juá ficava numa ilha, tiveram que usar igaras para chegarem lá.

Quando estavam no meio do caminho, Jaci e Pirapanema provocaram uma grande tempestade, com ondas altas e ventos fortes.

As igaras, então, naufragaram.

E a tribo inteira caiu nas águas revoltas.

À medida que caíam, iam se transformando em animais carnívoros, como iraras, guarás, jaguatiricas, jaguarundis e maracajás.

E morrem todos, afogados, inclusive o tuxaua, transformado em onça.

Os gêmeos, assim, ficaram completamente sós.

Como não restasse mais ninguém, nenhuma mulher para casarem, decidiram ir em busca do Andejo.

Passaram muito tempo andando, até que ouviram falar num grande caraíba, capaz de maravilhas, que estava lá pelas bandas de Cabo Frio.

Souberam que esse grande caraíba podia se comunicar com Uiucirá, o espírito que prevê o futuro.

Certos de terem descoberto o paradeiro do pai, os gêmeos partiram para Cabo Frio.

Enquanto isso, o Andejo era recebido numa taba, com muita homenagem, para invocar as respostas de Uiucirá.

Ergueram para ele uma cabana nova, onde nunca ninguém residira, e lá puseram uma rede de algodão e muitos alimentos: farinha, carnes, frutas e legumes.

Depois de ter ficado nove dias sem mulher e de ter sido lavado por uma virgem, o Andejo foi solenemente conduzido pelos habitantes para dentro da cabana.

O Andejo deitou na rede e invocou Uiucirá.

E logo se ouviram uivos e assobios, como flautas, acompanhados por um turbilhão de vento – acusando a presença de Uiucirá.

Nesse momento, os gêmeos chegam.

E, sem a menor cerimônia, sem nenhuma reverência, sem nenhum temor, entram na oca onde o Andejo se recolhia e invocava o espírito.

O Andejo ficou furioso com a ousadia e perguntou, esbravejando, o que aqueles dois queriam ali.

Jaci respondeu: estamos procurando nosso pai Andejo.

E contam toda a história, a vingança que tomaram pela morte da mãe, ocultando apenas o fato de Pirapanema ser filho de Sarigüê.

Ora, o Andejo previa o futuro, mas não era capaz de desvendar o passado.

Embora tenha ficado feliz, não acreditou imediatamente na palavra deles e decidiu prová-los.

Na primeira prova, mandou que eles atirassem com o arco.

Os gêmeos atiram e as flechas ficam paradas no ar, formando um caminho para o céu.

Na segunda prova, mandou que eles passassem três vezes por uma imensa rocha que abria e fechava ininterruptamente.

Jaci diz a Pirapanema que vá primeiro.

Pirapanema vai, mas não consegue passar pela rocha, que se fecha sobre ele e o esmaga.

Todavia, Jaci junta os fragmentos do corpo do irmão e o ressuscita.

E faz isso pela segunda e pela terceira vez, permitindo que Pirapanema cumpra a prova.

Depois, é ele próprio quem atravessa a rocha, é esmagado e ressuscita a si mesmo, por três vezes.

A terceira prova consistia em roubar a isca e o anzol com que anhanga pescava o peixe anhá.

Este lugar ficava no fundo das águas e era onde anhanga moqueava o anhá.

Ao chegarem nesse macabro lugar, Pirapanema é feito em pedaços, por anhanga.

Mas Jaci o ressuscita, sem que ele fique com cicatrizes; e rouba o anzol e a isca.

Essa isca era um pedaço de carne de tapiruçu.

O Andejo reconhece que eles foram ao fundo e enfrentaram anhanga; e os admite, enfim, como filhos.

Os dois irmãos ainda fizeram muitas maravilhas, antes que Maíra determinasse que eles fossem para o céu.

Jaci, é a Lua, que morre e se regenera sozinha.

Pirapanema é uma estrela, que aparece ao entardecer, e guia a Lua em seu caminho pelo céu.

o pau e a pedra

SUMÉ ERA TAMBÉM UM GRANDE caraíba e fazia coisas extraordinárias.

Todavia, diferentemente de Maíra, Sumé cortava os cabelos em forma de meia-lua.

Naquele tempo, as pessoas que comessem a raiz da mandioca morriam, envenenadas.

Era uma época difícil, de muita fome, porque os alimentos não brotavam com a mesma abundância, como na terra-sem-mal.

Certo dia, Sumé veio de dentro do mato, para receber a homenagem devida aos caraíbas.

Vendo que eles passavam muita fome, mandou que eles trouxessem raízes de mandioca.

Sumé pegou as raízes – que todos sabiam serem venenosas – e pôs tudo de molho em água.

Quatro dias depois, pegou a raiz e pisou muito em cima dela, até fazer uma massa.

Depois disso, enrolou a massa numa folha de casca de árvore e espremeu tudo até esgotar toda a umidade.

Terminada a cura, Sumé levou aquela farinha ao fogo, e mexeu até que secasse todo o resíduo de umidade.

As pessoas observavam o processo, curiosas.

Mas, quando Sumé deu a farinha pronta para eles comerem, não quiseram comer, imaginando que fossem morrer imediatamente.

Sumé, indignado com aquele desprezo, foi andando de aldeia em aldeia, ensinando a cura e o modo de fazer a farinha, que podia aliviar a fome.

Mas ninguém acreditou nele.

Pelo contrário, começaram a achar que Sumé desejava matá-los.

Convencidos disso, homens se reuniram e decidiram matar Sumé.

E partiram no seu rastro.

Surpreendido pelo ataque, Sumé fugiu.

Enquanto Sumé corria, os matos se abriam à sua passagem; e ele atravessava os rios sem se molhar.

Os homens, então, atiraram contra ele suas flechas.

Mas Sumé fazia as flechas retornarem e assim eram os atiradores que morriam flechados.

Nesse fuga, Sumé chegou à sua oca, que ficava bem diante do mar, perto de um rochedo.

Desgostoso com a ingratidão dos homens, fez sua oca virar pedra, fez sua jangada virar pedra, e deu um salto monumental, atravessando toda a extensão do oceano, para atingir o céu.

As marcas dos pés de Sumé ainda podem ser vistas, gravadas na pedra.

Os poucos que acreditaram nele, e provaram da farinha, não morreram.

E Sumé às vezes aparece no céu, onde é Seixu, o Setestrelo.
Seixu armou no céu um jirau, para moquear carne.
E é de lá que faz crescer a mandioca, no início das chuvas.

na era das metamorfoses

QUANDO MAÍRA APARECEU NA TERRA, o céu ainda não tinha todas as estrelas que vemos hoje.

Foi nessa época que elas foram aparecendo: o Maxilar da Anta, o Urubu, o Tinguaçu, a Suçuarana, o Lagostim, o Curumim que come manipuera, a Jandaia, a Jaçatinga, o Caí, o Poti, o Monte de Mel, o Panacu, o Tapiti, o Tucum, a Tigela, o Fogo Ardente, a Estrela Grande.

Muitas delas foi Maíra quem pôs no céu, com seu poder de transformar as coisas.

Embora Maíra tivesse ensinado aos homens tudo o que era necessário para viverem na terra queimada pelo fogo do céu, ainda havia muita maldade.

Os homens não faziam as coisas do modo como Maíra ensinara; e isso o deixava furioso.

Maíra, então, começou a puni-los, transformando as pessoas em pássaros, animais, serpentes e peixes.

De tanto serem punidos com metamorfoses, os homens decidiram se vingar.

Reunidos à noite, em volta das fogueiras, pensavam num jeito de matar Maíra.

Mas temiam que ele acabasse transformando definitivamente toda a humanidade em animais, se percebesse a trama, pois achavam que Maíra tinha o conhecimento do passado e do futuro.

Resolveram, então, adular Maíra, fingindo terem por ele uma grande reverência, pois sabiam que era isso o que ele mais apreciava.

Assim, alguns homens foram à taba de Maíra, para pedirem fogo e para convidá-lo a uma grande festa, quando receberia muita homenagem.

Embora soubesse do ódio daqueles que o convidavam, Maíra era tão vaidoso que não resistiu.

E foi sozinho, tanta era a certeza do temor que impunha às pessoas.

Assim que chegou na aldeia deles, se viu cercado pelos inimigos.

Então, o tuxaua se aproximou de Maíra e o desafiou a pular sobre três imensas fogueiras.

Percebeu que seria impossível escapar, porque havia homens por todos os lados, decididos a matá-lo.

Ciente de que caíra numa cilada, aceitou o desafio.

Saltou a primeira fogueira, e atravessou o fogaréu sem se queimar, para espanto dos homens.

Todavia, na segunda vez, embora estivesse confiante, foi imediatamente consumido pelas chamas, assim que passou sobre a fogueira.

Ao se dar conta de que estava morrendo de uma maneira incorreta, Maíra fez a sua própria cabeça explodir.

O barulho dessa tremenda explosão foi tão forte e tão alto que atingiu os confins do céu, onde está Tupã, que provocava as chuvas.

Por isso, quando Tupã se desloca muito rápido pelo céu, indo quase que instantaneamente de um ponto a outro do espaço, e provocando tempestades, também produz o trovão e os relâmpagos.

O trovão é o ruído terrível da explosão da cabeça de Maíra; e os relâmpagos são o fogo que o consumiu.

Por ter explodido a própria cabeça, a alma de Maíra não foi aniquilada.

Cuaraci, indignado com a atitude dos homens, que tinham afastado da terra todos os grandes caraíbas, mandou que os demais caraíbas transformados em estrelas entregassem à humanidade uma grande pedra.

Essa pedra tinha as marcas dos pés e do cajado do Velho.

Se a pedra fosse destruída, ou roubada, seria o fim da humanidade.

A pedra, no entanto, teria um guardião.

Este era o Muriqui Feliz – animal que gritava tão alto quando via alguém que seria impossível uma pessoa se aproximar da pedra sem que os outros soubessem.

E o Muriqui Feliz, tão ligeiro que era impossível capturá--lo, ficava noite e dia preso à pedra – que lembrava aos homens os grandes feitos dos caraíbas que estavam no céu.

Porque o céu é de pedra; mas os grandes caraíbas imprimem pegadas na pedra como nós imprimimos na areia.

o dilúvio universal

DA MULHER QUE MAÍRA E SUMÉ compartilharam, nasceram dois filhos.

Tamanduaré era o filho de Maíra; Guaricuité era o de Sumé.

Esses gêmeos se odiavam, porque tinham naturezas opostas, como os pais.

Tamanduaré era um grande tuxaua, bom pai de família, tinha mulher e muitos filhos.

Maíra, o pai de Tamanduaré, tinha ensinado a ele como fazer louça e trançar rede.

Tinha também dado a ele o pau de cavar, para que ele pudesse plantar a mandioca.

E Tamanduaré cuidava muito bem da sua roça.

Ao contrário dele, Guaricuité não cultivava a terra e só se preocupava em guerras, tentando devorar todos os tapuias.

Tinha também a intenção de submeter o próprio irmão.

Certo dia, ao voltar de uma expedição de guerra, Guaricuité trouxe o braço de um inimigo para a oca do irmão e resolveu desafiá-lo.

"Você, Tamanduaré, é fraco e é covarde. Um dia ainda vou tomar de você sua mulher e seus filhos!"

Tamanduaré respondeu: "Se você fosse tão valente como diz, teria trazido o inimigo inteiro e não apenas um pedaço!"

Aquilo deixou Guaricuité tão furioso que ele atirou com violência o braço do inimigo contra entrada da oca de Tamanduaré.

Vendo do céu o que se passava na terra, Maíra – indignado com esse ultraje – antes que o braço atingisse o alvo, fez toda a taba se elevar em direção ao céu.

Guaricuité e Tamanduaré, no entanto, ficaram na terra.

Tamanduaré, maravilhado e enraivecido, bateu tão fortemente com o pé no chão que abriu um imenso buraco.

Desse buraco, que se abriu sobre as águas profundas que ficam embaixo da terra, começou a jorrar uma imensa quantidade de água, inundando tudo.

O nível da enchente foi acima das montanhas, e parecia ultrapassar as nuvens.

Os gêmeos, desesperados, tentaram primeiro se refugiar nas mais altas montanhas, mas logo se deram conta que seriam arrastados pelas águas turbulentas.

Assim, acabam escalando duas árvores altíssimas.

Guaricuité subiu num jenipapeiro; Tamanduaré, numa pindoba – cada qual com a sua mulher.

Lá em cima, esperaram as águas baixarem.

Guaricuité tirou da árvore um jenipapo e pediu à mulher que rompesse o fruto e o jogasse lá embaixo.

Todavia, constataram que as águas ainda estavam altas.

Depois de repetir exaustivamente esse processo, os gêmeos descem, quando as águas baixam.

Quando chegam embaixo, veem que a destruição é geral.

As fogueiras tinham-se apagado, as plantas tinham apodrecido, tudo era desolação, miséria e morte.

Para sorte deles, Maíra tinha posto o fogo nas costas da preguiça, que também se salvara numa árvore muito alta.

Eles, assim, conseguem recuperar o fogo.

E a vida recomeça na terra, lentamente, com muita pobreza.

De Tamanduaré descendem os tupinambá; de Guaricuité, todos os tabajaras: temiminó e tupiniquim.

Tupinambá e tabajara são inimigos irreconciliáveis e por isso se matam e se devoram até hoje.

O Muriqui Feliz desapareceu, afogado nas águas, porque estava preso à pedra.

E são os tupinambá os atuais guardiões da pedra.

a terceira humanidade

TUPINAMBÁ E TABAJARA COMEÇARAM A se multiplicar, dando origem à terceira humanidade.

A terra era também habitada pelos animais e tapuias que conseguiram se salvar – e são esses que existem hoje.

Os primeiros filhos de Tamanduaré tinham muita dificuldade de conservar o fogo, tirado das costas da preguiça, porque a madeira ainda estava muito molhada.

Então, num dia em que houve uma grande tempestade e Tupã correu pelo céu, trovejando e relampeando, um deles teve um sonho.

Nesse sonho, Maíra mostrava como o Guaricuja fazia antigamente para ferir fogo com dois pedaços de pau.

O homem contou o sonho aos outros; e os tupinambá passaram a fazer fogo imitando o método do Guaricuja.

Os tabajara e tapuia que, em guerras, tinham conseguido roubar dos tupinambá a rede, o pau de cavar e a louça, também acabaram aprendendo a ferir fogo.

Mas, ainda assim, a fome era grande; a vida, muito difícil.

A mandioca demorava para crescer; e a terra inundada tinha ficado mais preguiçosa.

Numa época em que estavam sem farinha, e morria muita gente, uma mulher mandou os filhos para o mato, à cata de juá.

Os meninos estavam já no meio do mato, quando se depararam com um outro curumim.

Imaginando que ele fosse pegar os juás primeiro, os filhos da mulher o atacaram e começaram a espancá-lo.

Mas, para espanto de todos, assim que batiam no curumim, caíam sobre eles batata-doce, milho e feijões.

As crianças pararam de bater; e, parando de bater, a chuva de alimentos também parou.

O curumim, então, para surpresa deles, mandou que continuassem batendo.

Os meninos obedeceram e levaram uma enorme quantidade de comida para a oca da mãe.

Mas não contaram a verdade, porque o próprio curumim pedira segredo.

A mãe, é claro, percebeu que ali havia um grande mistério; mas disfarçou a curiosidade e mandou os filhos novamente à cata dos juás.

E eles trouxeram mais feijões, mais milho, mais batata-doce.

Um dia, a mãe decidiu segui-los.

E viu a cena: os filhos espancando o curumim enquanto choviam aqueles preciosos alimentos.

A mãe, então, saltou sobre o curumim e o amarrou, pensando em levá-lo para taba e garantir, assim, o sustento de todos para sempre.

O curumim, no entanto, mandou que ela recolhesse a comida e ensinou como cultivar cada uma daquelas plantas.

Ninguém soube; mas a mãe percebeu que era Maíra, mudado em curumim, quem viera à terra para aliviar a fome de seus descendentes.

Por ter sido a mulher a receber esse conhecimento, são elas que até hoje plantam.

A fome, então, acabou.

Os tupinambá passaram a ser felizes.

São valentes, matam e comem seus inimigos, tabajara e tapuia.

E ganham novos nomes.

Quando morrem, suas almas vão à terra-sem-mal dançar com os antepassados.

E guardam com desvelo a pedra onde o Velho deixou gravada a marca de seus pés e seu cajado.

Todavia, Sumé está no céu.

E, para vingar os parentes mortos no rio, Sumé se transforma em onça e persegue Jaci.

Quando, no fim das chuvas, aparece uma estrela muito vermelha, chamada Jaguar, é Sumé transformado em onça, sujo com o sangue de Jaci.

Jaci, quando reaparece assim sangrando, corre o risco de morrer para sempre.

E os homens batem no chão com seus cajados e, para assustar a onça, gritam *eicobé xeramói! eicobé xeramói güé!* – "viva, meu avô".

E Jaci, então, se regenera – porque é um grande caraíba.

Os covardes choram, porque sabem que se o mundo acabar a angüera deles será devorada por anhanga.

Mas nós, que somos fortes, não tememos.

Por isso, continuamos matando e comendo inimigos.

Enquanto a onça não comer a Lua.

a teoria

As narrativas míticas constituem o gênero literário por excelência.

São praticamente universais: existem em todas as culturas arcaicas e nas sociedades antigas que passaram pelo processo dito "civilizatório". Todas as religiões são fundadas sobre mitologias; e mesmo no discurso científico é possível identificar maneiras de pensar que, no fim das contas, não fogem dos esquemas míticos – como é o caso das teorias físicas sobre a origem do universo ou das teorias biológicas sobre a origem das espécies.

O aspecto mais notável da narrativa mítica talvez seja a busca simultânea de concisão e profundidade, o máximo de conteúdo com um mínimo de expressão.

Outra característica fundamental da mitologia é a indistinção entre os conceitos de arte e pensamento. Um mito é necessariamente uma peça estética, cheia de metáforas e de processos narrativos que visam entreter e provocar emoções. Ao mesmo tempo – e também necessariamente – é um discurso teórico, que explica ou defende uma certa tese sobre o homem ou a natureza.

O mito dos tupinambá – que chamei, não por acaso, *Meu destino é ser onça* – é fundamentalmente uma exaltação aos valores canibais. Vou tentar explicar por quê.

Os tupinambá dividiam a história do universo em três períodos. O mundo primitivo era perfeito: não havia morte, não havia incesto, não havia trabalho. Mas a imprudência humana provocou um enorme cataclismo – do qual apenas um homem se salvou.

A segunda humanidade sofreu muito, inicialmente; mas em contrapartida viu surgir uma classe de pessoas especiais, grandes feiticeiros que introduziram a cultura, porque podiam ir ao céu e se comunicar com o grande criador.

Podiam também guiá-los à terra-sem-mal, seção da terra preservada da primeira destruição, que por isso mantinha suas características originais – como flechas e paus de cavar que trabalham sozinhos.

Foi ainda nesse período que se completou a formação do céu, com todas as estrelas e constelações que existem hoje.

Ainda assim, a humanidade foi imprudente: matou e expulsou da terra seus mais poderosos feiticeiros, além de provocar o dilúvio.

A terceira humanidade, que descende dos dois casais salvos do dilúvio, se viu privada da possibilidade de chegar à terra-sem-mal em vida, por já não haver quem conhecesse o caminho.

A única solução restante era garantir tal acesso depois da morte – o que se obteria com a prática canibal.

Todavia, a aniquilação do mundo era provável e iminente: a onça poderia comer a lua a qualquer momento, a qualquer momento a pedra celeste poderia ser destruída.

Isso fazia a opção canibal ser urgente, inclusive: os tupinambá deveriam matar e comer, o quanto antes, o maior número de inimigos possível – para não correrem o risco de morrer sem se ter capacitado a enfrentar as provas da morte.

É importante insistir aqui num detalhe: o destino do tupinambá era ser onça, era ser canibal, porque já não era possível atingir a terra-sem-mal em vida.

Os movimentos esporádicos registrados pelos cronistas, em que grupos indígenas adentravam os sertões visando a terra-sem-mal, eram certamente decorrentes da iniciativa individual de caraíbas históricos, que – profundamente perturbados pela presença europeia – passaram a interpretar os mitos de uma maneira pessoal, particular.

É interessante perceber nos textos, ainda que indiretamente, que tais soluções não eram aceitas pela maioria. A saída correta – canônica – era matar, comer, ser morto e vingado.

Mas o canibalismo não é só isso. Na verdade, o sistema tem um objetivo muito mais alto: o de eliminar do mundo o conceito de mal

Explico melhor: entre os povos de língua tupi, no interior da tribo, o nível de violência era baixíssimo, como a literatura comprova. Sempre que ocorria alguma espécie de agressão (o que incluía homicídios eventuais), havia apenas duas soluções: a compensação, através da vingança, ainda que fosse sobre um parente do agressor; ou a cisão da tribo em duas metades inimigas, que passariam a se canibalizar – o que não passava de dar à vingança um caráter permanente.

O desejo de vingança é absolutamente natural – existia no Velho, que destruiu a primeira humanidade, quando se sentiu traído. Todavia, tal conceito implica logicamente a admissão de que o ato a ser vingado é um ato *negativo*, um ato *mau*.

Quando um tupinambá matava, sabia que fazia o mal, porque sua atitude dava à parte contrária um direito legítimo de vingança. Todavia, se no plano imediato um homicídio tinha um valor negativo, o canibalismo o transfigurava, simbolicamente, em algo positivo.

No jogo canibal, cada grupo depende totalmente de seus inimigos, para atingir, depois da morte, a vida eterna de prazer e alegria. O mal, assim, é indispensável para a obtenção do bem; o mal, portanto, é o próprio bem.

Esta é, me parece, a metafísica profunda expressa pelo mito.

Assim, nosso antigo mundo, o mundo dos nossos antepassados, já era uma terra-sem-mal, porque nela toda violência era uma espécie de bênção.

fontes

Textos de Thevet

ANDRÉ THEVET FOI UM FRADE que acompanhou Villegagnon na famosa tentativa francesa de estabelecer uma colônia na baía de Guanabara, a efêmera França Antártica, no século 16. Escreveu algumas obras que tratam do Brasil. Três são muito importantes.

A primeira delas são *As singularidades da França Antártica*, publicada em 1557. Das três, é a mais pobre; e parece ter sido escrita com muita pressa, talvez para atender a um público europeu ávido por exotismos. Nesse livro, Thevet registra com alguma precisão os locais onde esteve e em que datas passou por eles. A cronologia é esta:

31-10-1555: Avistam as altas montanhas de Croistmouron, região que – Thevet tem certeza – é habitada por índios aliados dos portugueses, portanto inimigos dos franceses.

2-11-1555: Ancoram em Maqué. Provavelmente, Macaé. Os índios são amigos dos franceses e inimigos dos portugueses. Ficam ali um dia.

5-11-1555: Chegam a Cabo Frio, onde os índios eram também inimigos dos portugueses. Resgatam dois portugueses prisioneiros, que seriam comidos. Depois de serem recepcionados pelo morubixaba (Pindó, como ficamos sabendo depois), foram levados para ver uma laje com marcas de dois pés. Ficam três dias.

10-11-1555: Depois de quatro dias de navegação, chegam ao Rio de Janeiro. Ficam ali dois meses e constroem o forte Coligny.

Período de 18 dias, a partir de 10-11: Thevet está com o "rei" Quoniambec (certamente Cunhambebe) no rio das Vasas, a 25 léguas do Rio, território vizinho do de Morpion (que deve corresponder a São Vicente). Morpion é dominado pelos portugueses e situado a 25 graus de latitude sul. Os índios do rio das Vasas são inimigos dos portugueses e dos de Morpion.

31-1-1556: Deixam o Rio de Janeiro. Passam ainda 8 dias em Cabo Frio até deixarem definitivamente o Brasil.

Thevet afirma, no capítulo 28, que seu intérprete tinha dez anos de Brasil e dominava perfeitamente o tupi.

Foi apenas em 1575, 18 anos depois, que Thevet publicou sua ambiciosa *Cosmografia universal*. Esse texto – simplesmente fundamental para o conhecimento do nosso passado – contém o mais extenso registro da mitologia tupinambá. É provável que Thevet tenha tido mais de um informante indígena; mas é certo que Cunhambebe estava entre eles. Assim, o legendário tuxaua não deve ser lembrado apenas como um grande guerreiro, mas também como um dos nossos mais importantes intelectuais.

Quando morreu, em 1592, Thevet deixou inédito um manuscrito intitulado *História de André Thevet Angoumoisin, cosmógrafo do rei, de duas viagens por ele feitas às Índias Austrais e*

Ocidentais. O que os estudiosos estranham é o fato de nunca ter Thevet mencionado antes essa segunda viagem, aliás primeira, supostamente feita em 1550. Assim, muitos a consideram falsa.

Todavia, o livro não perde interesse. Embora reproduza, com algumas variantes, quase todo o texto da *Cosmografia*, é nessa obra que Thevet registra pela primeira vez uma série de cerimônias do rito canibal; e com uma riqueza de detalhes – em muitos casos coincidentes com outros testemunhos – que não podemos considerá-las fantasiosas.

Thevet declara que esteve na aldeia de *Margariampin* (provavelmente no Rio Grande do Norte) e na ilha dos *Margageaz* (ou seja, ilha dos Maracajás, também chamada de Paranapuã, atual do Governador, no Rio de Janeiro), onde assistiu a dois massacres de três prisioneiros e resgatou cinco portugueses. Não viu, portanto, nenhuma execução entre os tupinambá. Seus relatos se referem provavelmente a potiguara e certamente a temiminó – embora os ritos fossem muito semelhantes aos dos tupinambá.

Ainda que Thevet tenha mentido, ao referir duas viagens em vez de uma, o conteúdo do que viu é o que nos interessa. Não está isento de erros, evidentemente, como nenhum de nós. Mas é, disparado, o melhor de todos os cronistas.

O texto que me serviu de base, generosamente cedido por Eduardo Viveiros de Castro, foi extraído de um livro organizado e comentado por Suzanne Lussagnet (*Les français en Amérique pendant la 2ème moitié du XVI ème siècle*). Esta obra reproduz tudo o que Thevet escreveu sobre o Brasil na *Cosmografia*.

Tive sorte de poder comprar a *Histoire d'André Thevet Angoumoisin*: é uma edição crítica de Jean-Claude Laborie e Frank Lestringant, publicada pela Librarie Droz, de Genebra.

Os excertos das *Singularidades* foram retirados da tradução de Eugênio Amado, publicada pela Itatiaia. Não consultei essa obra na língua original.

Para sorte dos leitores, minhas traduções do francês confuso e antiquado de Thevet foram revistas por Stéphane Chao.

Tomei imensas liberdades: corrigi, quando inteligíveis, as transcrições do tupi; ou traduzi do próprio tupi. Eliminei do texto as transcrições absolutamente ininteligíveis, tentando preservar, no entanto, o sentido que Thevet lhes deu. Quando a tradução direta do francês ficava estranha, complicada demais ou mesmo incompreensível, adotei uma versão mais livre, cortando ou introduzindo vocábulos, para o bem da fluência e da clareza.

É necessário advertir que traduzi apenas os excertos relevantes para o meu assunto. Para não encher o texto com inúmeras sequências de três pontinhos, não indiquei as passagens omitidas.

Cosmografia universal

[capítulo 4 / do Cabo Frio e da tola crença dos selvagens do dito país]

O principal conhecimento, que têm esses selvagens do que está além da Terra, é sobre um que eles chamam "O Velho", ao qual atribuem as mesmas perfeições que nós damos a Deus, dizendo ser ele sem fim nem começo, existindo todo o tempo, tendo criado o Céu, a Terra, os pássaros e animais que estão neles.

Todavia, não fazem menção do mar, nem de *amana tupã*, que são as nuvens de água na sua língua, dizendo que o mar foi feito por um inconveniente acontecido na Terra, que antes era unida e achatada, sem nenhuma montanha, produzindo todas as coisas para uso dos homens.

Ora, a causa pela qual foi feito o mar eles a deduzem desta sorte: como os homens folgavam à vontade, gozando do que produzia a Terra, ajudada pelo orvalho do Céu, acabaram se esquecendo dos costumes, vivendo desordenadamente. Eles tombaram em tal e tão grande loucura que começaram a desprezar o Velho – que, nessa época, morava entre eles e os visitava muito familiarmente.

O Velho, vendo a ingratidão dos homens, sua maldade, e o desprezo que tinham por ele, que os havia feito bem felizes, os abandona. Depois fez descer *tata*, que é o fogo do Céu, que queimou e consumiu tudo o que estava sobre a face da Terra.

E trabalhou esse fogo de tal sorte que afundou a Terra de um lado e a elevou de outro, de tal maneira que ela ficou reduzida à forma que vemos: vales, colinas, montanhas, campinas amplas e belas.

Ora, de todos os homens só foi salvo um, que se chamava Pajé do Mel, a quem o Velho transportara ao Céu, ou a outro lugar, a fim de que ele escapasse ao furor do fogo que tudo consumia.

Esse Pajé do Mel, vendo tudo assim destruído, se dirigiu ao Velho, dizendo com lágrimas e suspiros: "Queres tu destruir os Céus e seu ornamento? E onde será feita nossa casa? De que me servirá viver, não tendo ninguém que me seja semelhante?"

O Velho, a essas palavras, foi levado a tamanha compaixão que, querendo remediar o mal que tinha feito à Terra, por causa dos pecados dos homens, fez chover em tal abundância, que todo o fogo foi extinto. E, não podendo as águas retornarem ao alto, foram obrigadas a parar e tomar curso pelas corredeiras formadas na Terra, vindas de todos os lados para se reunirem: esse monte de águas foi chamada por eles *paranã*, que significa "amargor", o que nós chamamos "mar".[1]

---

1 *Paranã* é "mar" ou "rio caudaloso". Não conheço a palavra com sentido de "amargor".

E para que vocês saibam que esses selvagens não são de todo tão imbecis – a ponto de a natureza não lhes ter dado nenhuma inteligência para discorrerem sobre causas naturais – dizem eles que o mar é assim tão amargo e salgado, como nós o provamos, porque a Terra, estando reduzida a cinzas, pela combustão que havia feito o fogo enviado pelo Velho, provocou esse mau paladar nessa grande quantidade de *paranã* e no mar corrente ao redor da Terra.

Mas voltemos ao nosso propósito. O Velho, vendo que a Terra retomara a sua primeira beleza, e que o mar embelezava a face dela, a envolvendo por todos os lados, parecendo a ele coisa incômoda que todo esse ornamento existisse sem ninguém para cultivá-lo, convocou o Pajé do Mel, a quem deu uma mulher, a fim que ele repovoasse o mundo de homens melhores, diferentes do que tinham sido os primeiros habitantes da Terra.

Desse Pajé do Mel são vindos todos os homens que viveram antes do grande dilúvio de água, que dizem ter acontecido em sua terra, e do qual falarei a seguir.

Desse Pajé do Mel saiu um grande caraíba, que eles têm por seu profeta, como os turcos têm seu Maomé. E por causa das obras maravilhosas que ele fazia lhe impuseram o nome de Maíra Umuana, do qual nome é necessário que vos dê a interpretação.

Essa palavra Maíra, em língua selvagem, significa "transformador". Porque o acima mencionado era muito destro em transformar algumas coisas em outras; e Umuana significa "velho" e "antigo".

Não obstante, por isso se deduz que esse grande caraíba é também imortal, visto que o grande Velho, que fez descer o fogo sobre a Terra, é sem começo e sem fim.

Foi ele quem ordenou todas as coisas, segundo sua própria vontade, as formando em muitas maneiras e depois as convertendo e mudando em diversas figuras e formas de animais, pássaros, peixes e serpentes, conforme a região e o *habitat*, mudando o homem em animal, para punir a maldade, como bem lhe parecesse.

Esse caraíba Maíra, sendo familiar do grande Velho, empregava metamorfoses sobre as quais falarei no capítulo seguinte, a fim de que eu não confunda suas histórias, a mim narradas pela gente do país.

Ora, dizem eles – em relação a esse segundo velho, que era admirável entre os homens, já muito multiplicados sobre a Terra – que aqueles que faziam alguma coisa maior e mais maravilhosa que os outros eram chamados indiferentemente "maíras", como herdeiros e sucessores de Maíra Umuana.

E foi esta palavra *maíra* empregada até o seu dilúvio, que dizem ter sido universal, para designar aqueles que eram raros em obras. De forma que, vendo que nós sabemos fazer muitas coisas admiráveis que eles ignoram, dizem que nós somos os verdadeiros filhos ou sucessores de Maíra; e que a verdadeira raça dos maíras se dirigiu para nossas terras, lá onde eles, índios, são interditos, por causa do dilúvio.

E, porque eles foram maus com esse segundo Maíra, este ficou com tal ódio e indignação que – empregando nigromancia ou arte semelhante – passou a transformá-los em novos seres. Por isso, decidiram matá-lo.

Mas, vendo que ele era tão sagaz, desconfiavam que fosse descobrir a trama, uma vez que todas as coisas – passadas, presentes e futuras – deviam ser tão bem conhecidas dele, quanto do grande Velho, que ele acabaria mudando todos em diversos animais.

Enfim, não podendo mais suportar aquela vida, eles o enganaram com aquilo de que ele mesmo se gabava. Sendo pajé, não procurava outra coisa que ser honrado pelo povo, como se fosse um deus.

Assim, vieram um dia numa aldeia convidá-lo, para lhe fazer homenagem, demonstrar reverência e oferecer os presentes que se devem oferecer aos profetas e santos caraíbas, a fim de obter deles o que é necessário para a vida.

Ele não se fez de rogado, embora conhecesse o ódio que o povo lhe tinha. Todavia, tinha-se em tão alta conta e achava tão grande o medo que seu poder gerava nas pessoas comuns, que foi com os outros sem nenhum dos seus companheiros.

Tendo chegado entre os inimigos, disseram que ele deveria saltar por cima de três fogueiras. E que, se ele passasse sem se queimar, todos ali acreditariam que ele era o grande caraíba soberano.

Vendo que era necessário saltar, e que não havia meio de escapar das mãos daquele povo furioso, aceitou o desafio e, lançando-se sobre a primeira fogueira, passou sem sentir mal ou queimadura alguma. Isso lhe deu já alguma esperança; e grande espanto no povo assistente.

Mas assim que pôs o pé sobre a segunda fogueira, ficou todo em chamas; e foi queimado e consumido de repente. Dizem, todavia, que isso não se fez sem milagre. Porque a cabeça dele explodiu, com um tão grande ímpeto e com um ruído tão hediondo, que o som subiu até o Céu e atingiu Tupã.

De lá dizem que se engendram os trovões desde o começo; e que o clarão que precede a explosão do trovão nada mais é que o fogo no qual esse maíra foi consumido.

À morte de Maíra seguiu-se algum tempo depois a ruína da Terra, da forma que agora contarei. O dilúvio que esses bárbaros cantam, e do qual me têm frequentemente falado, em sua opinião foi universal e geral. Dizem que Sumé, grande pajé e caraíba, descendente da raça daquele que os selvagens fizeram queimar, teve dois filhos, um chamado Tamanduaré, o outro, Guaricuité, os quais eram de distintas compleições e naturezas; e portanto se odiavam até a morte. Ouçam como os contos desses inocentes se aproximam das Escrituras.

Tamanduaré era um grande administrador e bom pai de família, tendo mulher e filhos, e tendo prazer em cultivar a terra. Guaricuité, ao contrário, não cuidava de nada disso, dando somente atenção à guerra, desejando apenas subjugar pela força todas as nações vizinhas, e mesmo o irmão.

Ora, adveio um dia em que esse guerreiro, voltando de uma batalha, levou um braço de um seu inimigo a seu irmão Tamanduaré, dizendo com grande orgulho e arrogância: "Vai embora, chorão, que eu terei tua mulher e teus filhos em meu poder, porque você não é forte o bastante para se defender."

O bom administrador, ouvindo assim falar o outro, ficou muito ferido em seu orgulho. E disse: "Se você fosse tão valente, como diz, teria trazido o inimigo inteiro." Guaricuité, indignado com a resposta, jogou o dito braço contra a porta da casa do irmão.

Mas nesse mesmo instante toda a aldeia subiu ao Céu, enquanto eles ficavam embaixo, na Terra. Tamanduaré, vendo isso, por espanto ou indignação, bateu tão rudemente na terra que nesse local jorrou uma grande fonte de água.

O nível da água subiu tanto que em pouco tempo ultrapassou colinas e montanhas, parecendo superar a altura das nuvens. E continuou subindo até que a Terra fosse encoberta.

Vendo isso, os dois irmãos, desejosos de se salvar, foram para as montanhas mais altas do país, indo parar no cimo das árvores: Tamanduaré subiu numa árvore chamada pindoba e arrastou com ele uma de suas mulheres. Guaricuité subiu com sua mulher num genipapeiro, a fim de verem se as águas baixavam.

Estando nas ditas árvores, Guaricuité deu do fruto dela à sua mulher, dizendo: "Rompe esse fruto e deixa cair embaixo." Assim que ela jogou, perceberam que ainda não era tempo de descer aos vales, pois as águas estavam ainda muito altas.

Eles acreditam que nessa inundação todos os homens e todos os animais se afogaram, exceto os dois irmãos e suas mulheres, dos quais saíram dois diversos povos após o dilúvio, nomeados *tobaceara*,[2] sobrenomeados tupinambá, e os tabajara guaianá, sobrenomeados temiminó, os quais estão em discórdia e guerra perpétua.

Quando os tupinambá se querem glorificar, dizendo-se mais excelentes que seus companheiros e vizinhos, afirmam: "Nós somos descendentes de Tamanduaré e você saiu de Guaricuité." Como se com isso quisessem dizer que Tamanduaré é mais homem de bem que Guaricuité. Mas a causa de tal vantagem não pude saber deles – que não teriam como me explicar, já que um foi tão bom quanto o outro, considerando os descendentes de sua raça, que são todos sanguinários, gente que come carne humana.

[capítulo 5 / Instituição do Grande Caraíba e das transformações feitas por seus profetas]

Já disse a vocês de onde esses selvagens estimam que a água teve sua origem, e qual é a causa dos raios e dos trovões. Não será inconveniente trazer a vocês a opinião deles sobre o fogo.

Dizem que o Velho conservou o fogo sobre as espáduas de um animal muito grande e pesado, chamado "preguiça", de

---

2 Não identifiquei a palavra, grafada por Thevet *tonassëarres*.

onde os dois irmãos o retiraram depois do dilúvio. Dizem ainda que esse animal carrega as marcas do fogo. A dizer a verdade, se vocês contemplassem esse bicho de longe, como fiz algumas vezes, julgariam que ela é toda em fogo – tanto sua cor é viva nas espáduas. De perto se pensa que ela foi queimada no dito lugar. E não aparece essa marca senão nos machos.

Ainda hoje os selvagens chamam essa impressão de fogo no dito bicho de "fogueira de cozinhar".

Penso que são os caraíbas e pajés, de que há bom número entre eles, que lhes meteram na cabeça essas maluquices sobre o mar, o fogo e o trovão. São eles os maiores impostores da terra. Se conhecessem a escrita, como nós conhecemos, seria ela suficiente para ludibriarem e seduzirem completamente esse miserável povo, o qual tem como coisa assegurada e verdadeira que, depois de acontecido o dito dilúvio, não são passadas mais que cinco ou seis gerações. E dizem todos, tanto grandes como pequenos, que sabem disso por seus pais.

Sendo tão fresca a memória desse dilúvio, é forçoso acreditar que não se destruiu mais que setecentas ou oitocentas léguas do país, ou seja, a partir do rio da Prata até o promontório dos Canibais, já que aqueles do cabo ou promontório Frio se dizem oriundos da raça dos caraíbas, povo que está entre os canibais.[3]

Esse grande caraíba Maíra, do qual falei antes, era homem muito solitário, vivendo de pouco e fazendo grande abstinência. Não que seguisse, ele ou aqueles que o visitavam, alguma prática religiosa, ainda que se mostrassem bons, indulgentes e generosos com todas as pessoas, sendo sua amizade inofensiva ao próximo.

---

3   Thevet se refere provavelmente aos índios caribe.

É bem verdade que Maíra tinha sempre com ele poucos e bons companheiros, que o seguiam por sua santidade de vida e porque os persuadia muito bem.

No entanto, o caraíba não falava da vida eterna, na qual era tão pouco instruído quanto seus seguidores, mas ensinava somente a grandeza do céu, na forma que o podia compreender, o curso da Lua e do Sol. Foi ele o primeiro que ensinou sobre seus antepassados, sobre serem as almas imortais, sem mudarem de natureza, quando saídas dos corpos.

Ainda lhes ensinou quais frutos, árvores e plantas eram bons ou maus, venenosos ou saudáveis. Do que eles têm feito muito bom proveito, pois não têm necessidade de cirurgião, médico ou boticário para ajudá-los a curar chagas ou doenças.

Também lhes mostrou o uso do que é aproveitável e como era necessário governar, proibindo certos animais, por serem nocivos à saúde, como os animais pesados e lentos. Porque, dizia ele, isso os tornaria pesados e sonolentos, seja para correr na caça, ou ir à guerra contra o inimigo. O mesmo dizia dos peixes que não são ligeiros, seja no mar ou nos rios.

Dele aprenderam também não levar nenhum pelo sobre o corpo, exceto o da cabeça. Por isso é que as mulheres raspam e arrancam o pelo da barba e das sobrancelhas. Os maridos, da mesma forma, arrancam os pelos pubianos das mulheres. Detestam todo aquele que tem pelos, assim como os que têm mau hálito e cicatrizes oriundas de uma espécie de varíola comum entre eles.

É de instituição desse grande caraíba certa cerimônia realizada para as crianças recém-nascidas, para que se tornem boas e valentes na guerra.

Se é um menino, recebe uma oferenda cerimoniosa, de bom presságio, feita de garras de onça e das de um pássaro do tamanho de uma águia, que eles chamam uiruçu, além de plumas das asas e da cauda, e de um pequeno arco e flechas. E tudo é pendurado no leito da criança, a fim de que ela seja virtuosa e de grande coragem, como se a fizessem jurar que sempre irão fazer guerra aos inimigos, porque esse povo não se reconcilia nunca com aqueles contra os quais fizeram guerra.

E dizem que a criança, para quem essa cerimônia é feita, será mais destra nas armas, quando grande, por causa da onça, que é um dos mais poderosos animais que se podem achar nesse país; e porque, dentre os pássaros, o uiruçu é o mais renomado, como aquele que vence todos os outros.

Todo o povo que habita depois dos canibais e seu promontório até o grande rio da Prata fala praticamente a mesma língua.

Eles têm também costumes e modo de viver semelhantes: nesse país a divisão toca aos sucessores de Guaricuité, que se chamam tabajara, que significa "adversário", e aqueles que sucederam a Tamanduaré, que se chama tupinambá, que são nossos aliados.

Assim, tudo o que aprenderam do seu caraíba não passa de pequenas fantasias e ensinamentos de pouca consequência, salvo a crueldade bestial de se guerrearem e dos banquetes abomináveis que fazem dos corpos dos seus inimigos, que tiverem tomado em guerra.

A maior festa e recepção que os reis e grandes senhores do país dos selvagens nos fizeram, quando descemos em terra, no mês de novembro de 1555, resumiu-se a carícias e aclamações.

Assim que pusemos os pés em terra, entre eles veio um rei do dito país, chamado Pindó, que nos levou para ver uma pedra, longa e larga, de cerca de cinco pés de largura, na qual se viam alguns sulcos de verga, ou cajado, e dois traços de pés de homem, que seriam do grande caraíba que lhes tinha dado o conhecimento e o uso do fogo, além da maneira de cultivar raízes, pois antes viviam de folhas, ervas e frutos que as árvores produziam sem terem sido nem plantadas nem enxertadas, comendo como os bichos.

Os selvagens guardam essa pedra como um grande e precioso tesouro, contando que, após a morte de Maíra, do qual já falei atrás, e de dois de seus companheiros, os quais foram transmutados em estrelas brilhantes, como antes se transformaram outros, Cuaraci, o Sol, ordenou às demais estrelas que, em recordação do Velho e de seus companheiros estelificados, levassem a santa pedra para a Terra, a fim de que os homens a reverenciassem, para honrar a memória desse grande caraíba.

Têm a opinião assegurada, e a têm tão firmemente de pai para filho, que seria impossível tirá-los dessa fantasia, que por longo tempo essa pedra foi guardada por um animal chamado Muriqui Feliz, do tamanho de um outro que vi nesse país, que é como uma espécie de grande macaco, de cor amarela, que reclama como uma criança, tem a cauda muito longa e é muito difícil de capturar, por causa de sua ligeireza, pois salta de árvore em árvore como um esquilo.

Esse Muriqui Feliz ficava noite e dia sobre essa pedra, como se estivesse a ela preso pelos encantos de algum Zoroastro, ou outro dos antigos necromantes; e, quando alguém vinha com a intenção de tomar a dita pedra, e se aproximava, o animal não deixava de dar tão altos gritos, audíveis a uma grande distância, a fim de que os vizinhos do lugar se reunissem, para virem em socorro de coisa tão rara.

Todavia, esse animal Muriqui Feliz desapareceu imediatamente após o dilúvio, por causa de certo profeta que se salvou com seus filhos das águas. Este tinha tão má vida, e desagradava tanto às estrelas, que a Lua – que os selvagens estimam ser chefe dos outros que estão no céu e o primeiro dos elementos – mandou que o Sol e os outros astros tirassem o Muriqui Feliz, para dar aos próprios homens o encargo de guardiões da sua pedra, sob pena de sua queda e ruína. E estão esses pobres selvagens nessa tola crença, que – se a pedra fosse roubada ou quebrada – seria a ruína e aniquilação de todo o país.

Eis a doutrina com que esses caraíbas têm enganado esse povo simples, os quais sempre foram grandes necromantes e são ainda invocadores do diabo, fazendo falar Maíra e seus companheiros ao povo. Também abusam dele e são honrados e temidos por todos, até ao extremo, como vos direi em outra parte.

[capítulo 6 / continuação das transformações e crença desse povo]

Esses malandros, para fazer boa sua mercadoria, e a fim de manterem os simples com medo do seu poder, porque se dizem semideuses (*caraíba* implicando essa significação), criam os contos de metamorfoses e transformações feitas por Maíra e seus sucessores.

São seus contos dessa substância. Primeiramente falam de como ficaram privados da raiz de que fazem a farinha. Foi um tempo de grande fome nessa terra, tanto que os habitantes morriam quase todos. Entre eles havia uma pobre mulher, carregada de crianças.

Tendo essa mulher enviado as crianças aos campos, a fim de que encontrassem algumas ervas para o seu sustento, apresentou-se a elas uma outra criança, que elas não conheciam; e pensando que o desconhecido houvesse ido lá para colher primeiro o que elas procuravam, caíram sobre ele, batendo nele violentamente.

Mas enquanto as crianças batiam, o desconhecido fazia chover raízes de batata-doce (que são como nossos rábanos), milho, legumes (que são como ervilhas) e feijões. O desconhecido, vendo que elas paravam de bater, espantados de coisa tão milagrosa, os incitava a continuar batendo, a fim de que tivessem mais. Por fim, as proibiu de falar a qualquer pessoa sobre aquilo, inclusive à sua própria mãe, para que todos se admirassem de vê-las tão gordas e em tão bom estado. E elas obedeceram.

Mas a mãe, curiosa de saber onde seus filhos encontravam tantos víveres, por qual meio estavam tão bem de carnes, os seguiu e descobriu todo o mistério da pancadaria e de seus filhos estarem saciados. E foi recolher o que eles tinham deixado, para semear e plantar.

Tanto que daí em diante nunca mais sentiram necessidade de víveres em todo o país. E disse ela que sabia ser Maíra, transformado em criança, que aliviara com seu ensinamento a necessidade de seu povo. Essa história de sua teologia, que é conservada, não em escrita, mas na simples memória de cada um, contenta muito a todos eles.

De resto, dizem que um pai de família tinha em sua casa um familiar do grande Velho, chamado Poxi. Esse pai de família o tinha por seu servidor e escravo. Ainda que Poxi fosse feio e desfigurado, era de grande proveito para seu mestre, em todas as tarefas: fosse na caça ou na pesca, não voltava nunca sem trazer alguma coisa. Porque conhecia os segredos do Velho e era grande caraíba, embora ninguém soubesse de sua capacidade, grande poder e excelência.

Esse Poxi, voltando um dia da pesca, trouxe certo peixe, do qual Cunhã-eté, a filha do senhor, pediu um pouco para se alimentar, com o que ele concordou. Assim que ela comeu, sentiu-se grávida de Curumirim.

Cunhã-eté pariu um menino muito bonito, antes do prazo prefixado às outras mulheres. Todos os parentes da moça ficaram espantados de um tal incidente, sobretudo a mãe, que tinha sido preciosa guardiã. A mãe, ao perguntar quem tinha feito aquilo, recebeu da filha a resposta de que nunca um homem a tinha tocado.

Não obstante, fizeram vir todos os homens da aldeia, trazendo cada um deles seu arco e suas flechas, para apresentá-los à criança e verificar de quem ela tomava as flechas e o arco – assim indicando quem seria seu pai, conforme ensinado pelos antigos caraíbas. Mas o menino se recusou a tomar o arco de qualquer um dos presentes. A mãe, enfim, aconselhou que Poxi também viesse apresentar seu arco à criança – que imediatamente o tomou das mãos de Poxi.

Então, todos começaram a resmungar contra Poxi, embora ele não se importasse, pois era bem forte para vencer a todos, se quisessem prejudicá-lo. Mas eles se foram, e deixaram Cunhã-eté com seu filho. A criança tornou-se grande rapidamente, pois crescia num dia mais que as outras em meio ano.

Todavia, o lugar onde vivia esse maíra abundava em todas as coisas, sendo que onde os outros habitavam era estéril e sem nenhum fruto, tanto que as pessoas pobres morriam de fome. Como bem soubesse disso, disse Poxi à Cunhã-eté: "Tome tua criança sem pai e vai visitar teus parentes; leve os víveres deste lugar, a fim de que fiquem fartos, e diga que venham aqui nos ver qualquer dia."

A mulher foi com o filho, levando milho selvagem e certas raízes semelhantes ao nosso nabo, que são muito nutritivas. Depois de dar os presentes à sua mãe, transmitiu o recado de Poxi a ela, a seu pai, irmãos e parentes, para que fossem visitá-los e aproveitassem dos seus bens e de sua casa.

Eles concordaram muito facilmente, mais pela necessidade que tinham de víveres, e menos pela amizade que tivessem por Poxi, ou pela própria filha. O que Poxi sabia muito bem e do que soube também se vingar.

Chegando ao palácio rústico de Poxi, viram que no caminho, perto da casa, havia muitas belas hortas, cheias de favas, abóboras, nabos, mandioca, todos frutos diferentes dos de cá. Os parentes da filha, seja porque estivessem famintos, ou porque a beleza do lugar convidasse, não conseguiram se conter e meteram a mão em tudo – apesar de seu grau de parentesco com Poxi não permitisse isso, e de saberem bem que Poxi, ofendido, faria má cara. Mas as pessoas ignoraram os conselhos e comeram. E imediatamente foram transformados em porcos e pássaros, que eles chamam maracanã, que são uma espécie de papagaio, além de outros.

Tanto que só restou o pai e a mãe da dita filha e um pequeno número de parentes, que não passaram o rigor dessa estranha metamorfose. O pai e a mãe ficaram muito assustados e viram bem o erro que tinham cometido, confiando naquele que odiavam e que não lhes tinha muita afeição. Ao perceberem que não havia como retornar, constataram a grande cilada em que caíram.

Pouco depois, veio Poxi; e, tendo censurado o sogro, disse que sua filha traria água num vaso, com a qual deveriam se lavar, para não temerem mais transformações.

Mas o pobre homem, não confiando naquelas palavras, foi se lavar numa fonte vizinha e imediatamente virou um crocodilo, ou serpente d'água, que eles chamam jacaré, e de tais espécies eu tenho visto nesse país, assim como no Egito. Sua mulher quis fazer o mesmo e foi convertida em tartaruga de água doce. Os demais parentes, que tinham entrado na casa, assim que provaram os frutos e legumes, foram mudados e transformados em gafanhotos e grilos...

Foi assim que Poxi se vingou daqueles que tinham murmurado contra ele pela gravidez da mulher, de quem por fim ficou com tanto ódio que a abandonou, deixando-a entre os homens. Poxi se despojou de sua sórdida e feia figura, tornando-se o mais belo de todos os humanos, e foi para o Céu, para lá viver à vontade.

Dizem que seu filho, querendo segui-lo, para aprender seus segredos, foi por um tempo convertido numa grande pedra, que separava o mar da terra para impedir a passagem. Tanto que todos aqueles que tentaram e se esforçaram para ir vê-lo se afogaram ou foram transformados em pedras, animais e peixes.

Depois de um certo tempo, esse filho que estava convertido em pedra retomou sua primeira forma e começou a frequentar os selvagens. E se nomeou maíra, do nome do seu pai, e nome geral para todos os caraíbas, fazendo grandes maravilhas, tal como tinham feito todos os seus antepassados.

Ora, entre todas a coisas memoráveis que fez, há um ornamento de cabeça, que os índios fazem rotineiramente da plumagem de diversos pássaros, chamando esses chapéus *acangatara*. Mas aquele que esse maíra fazia, embora parecesse de penas, era de chamas de fogo.

Estando ele com esse chapéu na mão, um de seus vizinhos veio, atraído pela beleza do ornamento, e falou de maneira muito arrogante, como costumeiramente esse povo faz: "Me entrega isso que você tem na tua mão para que eu ponha na minha cabeça, para eu ver se ficará bem."

O caraíba, irritado com a arrogância desse homem, disse: "Espere ainda um pouco, até eu terminar, e depois você põe." O outro continuou sendo tão importuno que o maíra, todo despeitado, pôs o ornamento na cabeça dele – a qual imediatamente pegou fogo por inteiro e estourou.

Esse miserável, sentindo a cabeça queimar sem remédio, lançou-se num lago próximo, onde imediatamente foi transformado em uma galinha chamada saracura. Dizem ainda que ela tem os pés, pernas e bico vermelhos em função do fogo que a queimou.

Ora, esse maíra, tendo ido com seu pai Cuaraci ao Céu, foi sucedido por seu filho, chamado Andejo, que tomou uma mulher do seu país. Ficando esta grávida, teve o Andejo a fantasia de ir a regiões distantes. Assim, pegando a mulher, se pôs a caminho.

Ela, que estava pesada por causa do seu tamanho, não podendo ir tanto quanto seu marido, se pôs a descansar. Ele, que queria testá-la, deixou-a completamente só. Escutem, eu peço a vocês, como prossegue a história desses inocentes.

O fruto que ela tinha no ventre falava com ela e a confortava, ensinando o caminho que seu pai tinha seguido. Todavia, o filho do caraíba começou a se irritar e a se sentir despeitado, porque a sua mãe se recusava a lhe dar pequenos legumes, que estavam pelo caminho. Por isso parou de responder e ensinar o rumo do pai.

Assim, a pobre mulher se perdeu. E, tomando uma direção por outra, chegou numa roça onde vivia um homem chamado Sarigüê, que a recebeu. Vendo que ela estava cansada, implorou que descansasse em sua casa, esperando seduzi-la e desfrutá-la.

Ela, que tinha necessidade de repouso, obedeceu e se deitou. O dito homem, vendo a mulher adormecida, veio se deitar com ela, e teve sua companhia como bem lhe pareceu, tanto que a engravidou ainda de um outro filho, que teve no ventre companhia do primeiro.

Esse maldoso enganador não ficou sem pagamento da sua loucura, porque, assim que obteve seu prazer com a mulher do profeta, foi transformado em um animal, que se nomeia pelo nome do homem transformado, ou seja, sarigüê, que tem a pele muito fedorenta.[4]

Mas a infelicidade dessa mulher foi ainda maior, quando, chegando a uma aldeia, foi capturada pelo chefe e principal do lugar, que se chamava Jaguar. Esse homem era cruel demais. E bem mostrou isso, visto que matou a mulher e a comeu, destroçando-a em pedaços e partilhando-a com seus vizinhos, como eles ainda têm o costume de fazer nos grandes banquetes de seus massacres. Mas as duas crianças que estavam no ventre foram jogadas como excremento no lugar onde se joga os lixos e imundícies das casas.

No dia seguinte uma mulher, indo procurar raízes, observou os dois brincando juntos. Ficando emocionada e com pena deles, levou-os para casa. Em pouco tempo eles se tornaram grandes, além da expectativa e fé dessa mulher, para quem eram de muito proveito, visto que, enquanto ela os teve em sua companhia, não sentiu necessidade de coisa nenhuma. E cresceram sempre em beleza e força sobre todos os outros humanos.

Ora, sendo chegada a estação em que se colhia um fruto chamado juá, que estava maduro, a dita mulher enviou as crianças-caraíba aos campos, para procurar os ditos frutos, a fim de se alimentarem. Eles, estando fora, se lembraram do cruel massacre sofrido por sua mãe.

Desejosos de se vingar, retornaram com poucos frutos, e, para se desculparem com a mãe adotiva, disseram: "Nós estivemos no lugar mais belo do mundo, no qual há tal

---

4 É o gambá.

abundância de juá que é impossível pensar em algo parecido. Por isso vimos avisar, para amanhã você vir conosco, com o resto da aldeia, para comermos à vontade e fazermos provisões."

A mulher, que nunca poderia imaginar a maliciosa intenção dessas crianças, que pretendiam arruinar toda a aldeia, contou aquilo a todos os habitantes, que não fugiram do trabalho, tanto que foram todos, grandes e pequenos, homens e mulheres, e nem mesmo Jaguar se eximiu.

Ora, o lugar onde estavam esses frutos era uma ilha muito grande, sendo necessário passar por um braço do mar. Aqueles malandros, a fim de melhor enganarem os demais, esperaram até que eles aprontassem as canoas para a passagem.

Quando todos os selvagens que tinham comido a mãe deles estava no meio da água, aqueles dois, como sucessores do caraíba, pelo poder das transformações, fizeram inflar o mar com tal ímpeto, provocando um temporal, que todos se afogaram e foram num instante mudados em diversas formas medonhas e figuras de muitos animais terrestres, tais como lobos, cães e gatos selvagens e outros semelhantes, os quais são chamados em sua língua *jaguar*. E deles há muitos tipos, como jaguareté, tapiruçu, maracajá, jaguaçu, maracajá-mirim, irara e muitas outras espécies de animais que se veem na dita terra.

Por esse meio se vingaram as ditas crianças daqueles que tão cruelmente tinham feito morrer sua mãe. E vendo que estavam sós, que não restava ninguém para fazer amizade, nem mulher para tomar em casamento, tramaram fazer uma viagem, para encontrar o Andejo, seu pai, que – de tanto ir léguas adiante, como você leu acima – ficou perdido de sua mulher grávida, porque quis testá-la, quando ela se encontrava cansada pelo caminho.

Essas crianças correram muito pelas regiões mais estranhas do país, sem ouvirem nenhuma notícia de quem procuravam. Por fim, chegaram numa aldeia, em Cabo Frio, onde escutaram falar de um grande caraíba, ou pajé, que fazia coisas maravilhosas e dava as respostas de Uiucirá, que é o espírito que consultam para saber o que está por vir. Esse dado assegurou que era aquele caraíba que procuravam.

Chegando à cabana do profeta, perceberam que ele tinha entrado para repousar. Ora, ninguém era tão ousado de pôr os pés na cabana sem sua permissão, por causa das maravilhas que fazia esse homem. Mas essas crianças entraram, sem demonstrar nem temor nem reverência.

O antigo pajé, vendo que aqueles jovens o tinham em tão pouca conta, olhou-os com muita fúria e despeito, e depois falou rudemente: "O que traz vocês aqui?" Ao que o mais velho respondeu: "Nós procuramos nosso pai, o maíra chamado Andejo. E, tendo escutado que é você, vimos te visitar e te servir."

E contaram tudo o que tinha acontecido com a mãe deles, exceto que o segundo filho era bastardo, e como tinham vingado com rigor a morte de sua defunta mãe massacrada.

O Andejo, embora estivesse feliz de ver os filhos, não quis tão depressa dar fé à fala deles e propôs que realizassem muitas coisas estranhas e difíceis, antes de reconhecê-los.

Em primeiro lugar, quis que diante dele atirassem com o arco. Eles atiraram e as flechas ficaram suspensas no ar. Esse sinal começou a demonstrar que eles eram mesmo seus filhos. Mas o Andejo não se contentou com esse teste e ordenou que fossem passar três vezes, e voltar, por uma grande rocha fendida, a qual continuamente se abria e se fechava, de sorte que nada podia passar por ela sem ser esmigalhado.

As crianças obedeceram imediatamente e, quando chegaram perto da rocha, o mais velho disse ao mais novo: "Como você não é filho de maíra e tão-somente da minha mãe, passe primeiro a fim de que, se a rocha te espedaçar, eu reúna os pedaços e te rejunte todo inteiro."

O bastardo obedeceu e assim que passou pela fenda da rocha foi de tal forma estraçalhado que os pedaços ficaram menores que os de uma pedra bem pilada. E não teria sido possível (como contam esses selvagens) que um outro filho de caraíba os recolhesse, como em um instante ele os recolheu e repôs o irmão em sua forma primeira. Depois o fez passar pela segunda e terceira vez sem que houvesse risco. Depois disso, passou o filho legítimo do profeta.

Tendo feito a prova, vêm até o Andejo, a quem dizem que ele devia admiti-los como filhos, já que sem nenhuma lesão tinham cruzado a passagem assustadora da rocha fendida, tanto o mais velho, quanto o mais novo, filho do Sarigüê (e ainda essa vez o mais velho silenciou o que tinha acontecido com o mais novo).

O pai já tinha certeza de que verdadeiramente eles eram da raça escolhida dos caraíbas, como aqueles que foram feitos para a conquista do santo Graal na grande Bretanha.

Todavia, quis o Andejo fazer uma terceira grande prova. Por isso ordenou que fossem no lugar onde os mortos queimam e fazem secar o peixe denominado anhá e trouxessem a isca com a qual anhanga (que é o maligno espírito na sua língua, que frequentemente os atormenta, como eu já vi) captura o peixe anhá.

Aqui o mais velho teve a mesma fidelidade ao seu mais novo, como tinha feito na rocha fendida, e o fez ir primeiramente ao fundo da água para pegar a isca. Ele foi preso pelo espírito anhanga, que o fez em muitos pedaços. Todavia, o legítimo juntou todos e os calafetou tão bem que o bastardo foi reposto em sua forma e beleza primeiras, sem que tivesse nenhuma aparência de ferida. Curado, mergulharam os dois na água e foram até o fundo, puxando o que procuravam, ou seja, a isca de anhanga, com a qual ele pegava o peixe anhá, e roubando o anzol e todo resto ao dito espírito anhanga, que trouxeram ao pai.

O pai reconheceu por verdadeiro que eles desceram aos profundos abismos da água, tanto que essa isca era a verdadeira comida do dito peixe, ou seja, um pedaço de carne de um animal chamado tapiruçu, que é uma espécie de asno selvagem, do tamanho de um touro, medonho e feio e difícil de enfrentar.

Isso fez que o Andejo os admitisse como filhos, os acolhesse e recebesse em sua casa. Não que todos os dias não desse a eles algum novo sobressalto, com suas comissões desagradáveis, a fim de adestrá-los em suas magias. Das quais coisas passo em silêncio, por ter já muito contado.

Baseadas nos relatos das viagens ao Brasil do alemão Hans Staden e do francês Jean de Léry, as gravuras de Thedore de Bry, publicadas em *Americae Tertia Pars* (1596), representam a Confederação dos Tamoios (1554–1567), série de revoltas indígenas após as primeiras tentativas de colonização da baía de Guanabara. As forças tupinambá, lideradas por Aimberê e Cunhambebe, eram chamadas de tamoio e queriam expulsar os portugueses do Rio de Janeiro. Para isso, contaram com apoio dos franceses, que tinham interesse em se estabelecer ali. Os portugueses, ao lado dos indígenas tapuias (inimigos dos tupinambá), se impuseram no conflito, apossando-se da região da Guanabara.

BRASILIANA ICONOGRÁFICA

Gravura que ilustra indígenas tupinambá em *As singularidades da França Antártica* (1557), de André Thevet.

FUNDAÇÃO BIBLIOTECA NACIONAL – BRASIL

(1)

BIBLIOTECA BRASILIANA
GUITA E JOSÉ MINDLIN –
PRCEU/USP

(2)

Ilustrado por autor desconhecido, o livro de Hans Staden, afamado pelo título *Duas viagens ao Brasil* (1557), detalhou os rituais de antropofagia dos tupinambá (1), que também foram recriados por De Bry (2). As cenas violentas de consumo de carne humana assustavam leitores europeus e revelavam costumes indígenas sobre vencedores e vencidos na guerra. Como narra o mito tupinambá, "Maíra ainda pegou uns tições de fogo e criou com eles os tapuias, e ensinou a eles línguas diferentes, para que os homens de verdade pudessem comê-los e se divertir" (p. 47).

BRASILIANA ICONOGRÁFICA

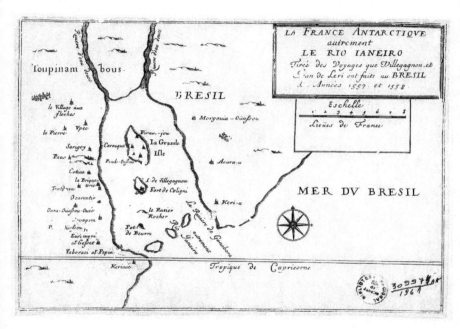

Mapa da França Antártica – a ocupação francesa na baía de Guanabara – supostamente feito por André Thevet, em 1557–1558. No canto esquerdo superior, podemos ler "Tupinambous", em menção aos residentes da região, e, ao centro, "I. de Villegagnon", a ilha de Villegagnon, como o local é conhecido ainda hoje, batizado em homenagem ao colonizador francês. Esse desenho geográfico da baía de Guanabara é bastante impreciso, diferente de qualquer mapa atual.

Fundação Biblioteca Nacional – Brasil

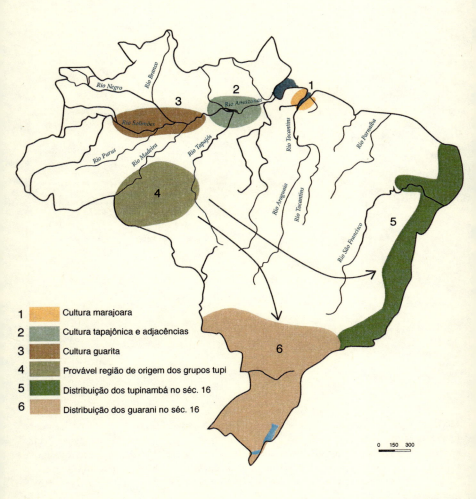

Mapa da imigração indígena até o século 16. Acredita-se que os tupinambá descendem de grupos que já ocupavam a Amazônia, na bacia entre os rios Madeira e Tapajós, há 11 mil anos.

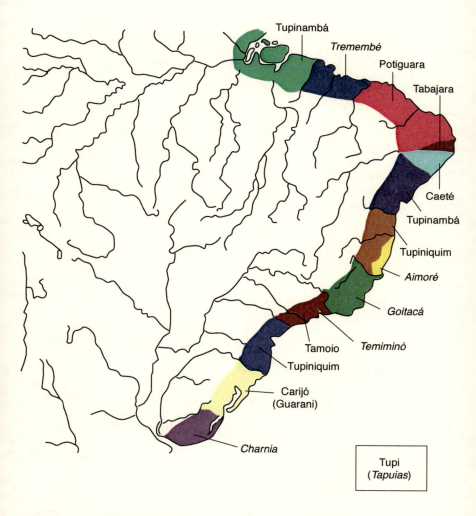

Mapa da ocupação territorial indígena no século 16. Os grupos de falantes do tupi-guarani ocupavam o litoral, juntamente com os tapuias, "que não pertenciam às etnias tupi-guarani e falavam predominantemente línguas do tronco macro-jê" (p. 19).

Considerado a obra-prima de Gonçalves Dias, o poema "I-Juca-Pirama", publicado em *Últimos cantos* (1851), conta a história de um guerreiro tupi, sobrevivente de guerra, que é aprisionado pelos timbira e deve ser sacrificado conforme o rito canibal. Nascido em Caxias, interior do Maranhão, na divisa ao Piauí, e crescido próximo às aldeias timbira, Gonçalves Dias atribuiu a esse povo práticas culturais dos tupinambá, que viviam no litoral. Os timbira não comiam carne humana em seus rituais.

FOLHA DE ROSTO DE *ÚLTIMOS CANTOS*, DE GONÇALVES DIAS, 1881. BIBLIOTECA BRASILIANA GUITA E JOSÉ MINDLIN – PRCEU/USP

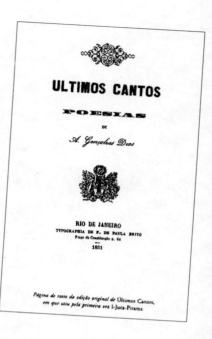

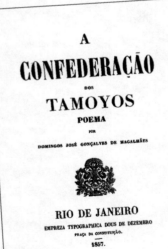

A influência da cultura tupinambá moldou a literatura brasileira do século 19. O poema épico *A Confederação dos Tamoios* (1856) é um dos principais trabalhos de Gonçalves de Magalhães. Tutelado por d. Pedro II, era tido como o poeta oficial do Segundo Reinado (1831–1889) e foi o responsável por nomear historicamente a guerra. "P'ra acabar co'os ataques reiterados/ Dos Lusos, confederam-se os Tamoyos./ Bravos são os Tamoyos, e descendem/ Da raça dos Tupis. Eles não erram./ Sem tabas, nos sertões, como os terríveis/ Ferozes Aimorés, raça Tapuia."

FOLHA DE ROSTO DE *A CONFEDERAÇÃO DOS TAMOYOS*, DE GONÇALVES DE MAGALHÃES, 1857. BIBLIOTECA BRASILIANA GUITA E JOSÉ MINDLIN – PRCEU/USP

José de Alencar, sob o pseudônimo IG – referente à personagem Iguassú, de *A Confederação dos Tamoios* –, fez duras críticas ao poema de Gonçalves de Magalhães numa série de cartas publicadas no *Diário do Rio de Janeiro*, posteriormente reunidas em livro. Panorama das propostas estéticas indigenistas de Alencar – que seriam exercitadas em *Iracema* (1865) –, as *Cartas sobre a Confederação dos Tamoios* (1856) espezinhavam o estilo de Magalhães. Para Alencar, o tom acanhado e pouco romântico com o qual a epopeia foi narrada não condizia com os momentos mais dramáticos daquela guerra. "Se me perguntarem o que falta, decerto não saberei responder; falta um quer que seja, essa riqueza de imagens. Esse luxo de fantasia que forma na pintura, como na poesia, o colorido do pensamento, os raios e as sombras, os claros e escuros do quadro."

Folha de rosto de *Cartas sobre a Confederação dos Tamoyos*, de José de Alencar, 1856. Biblioteca Brasiliana Guita e José Mindlin – PRCEU/USP

Folha de rosto de *Iracema*, de José de Alencar, 1865. Biblioteca Brasiliana Guita e José Mindlin – PRCEU/USP

Ilustração de Jean-Baptiste Debret retrata um "Caboclo – índio civilizado" (1834), ou seja, um indígena batizado, residente no aldeamento de São Lourenço, atualmente Niterói. Fundada em 1573, esta sesmaria foi demarcada devido ao apoio de Arariboia aos portugueses. O assentamento recebeu, principalmente, indígenas temiminó (tapuias), que, então sitiados na capitania do Espírito Santo, retornaram à baía de Guanabara para guerrear contra os tamoio anos depois de terem sido expulsos de Paranapuã (ilha do Governador).

Acervo da Pinacoteca de São Paulo. Coleção Brasiliana/Fundação Estudar
Reprodução de Isabella Matheus

O manto tupinambá – levado há 300 anos para a Dinamarca – é um exemplar raríssimo, ainda preservado, dessa cultura indígena. Usado originalmente em rituais, o manto é feito de penas vermelhas de guará costuradas em uma malha por meio de uma técnica similar à da tapeçaria.

Museu Nacional da Dinamarca. Reprodução de Roberto Foturna

História de André Thevet Angoumoisin

[capítulo 19 / Que conhecimento da divindade é admitido pelos Tapuias e qual opinião eles têm de seu Tupã]

É necessário saber que eles confessam haver um Deus no céu, mas ao qual não pedem proteção. Não rezam, não o honram de modo nenhum e dizem que ele é deus dos cristãos, que faz bem aos cristãos e não a eles. Chamam Deus de Tupã e não creem que tenha poder de fazer chover, trovejar ou produzir bom tempo, nem mesmo fazer brotar algum fruto.

Dizem que o sol e a lua têm algum poder mas não sabem dizer qual seja.

Também conhecem o Setestrelo, que faz crescer sua mandioca, da qual fazem farinha.

Temem o diabo, que chamam Jurupari. Os selvagens que estão no Rio de Janeiro e em Cabo Frio lhe dão o nome de Anhanga e creem firmemente que lhes pode fazer todo o mal ou todo o bem. Ele aparece todos os dias aos índios e se comunica intimamente com eles; e creem que, quando um deles morre, o diabo o carrega: mas nunca escutaram dele se o morto está bem ou não. Mas lhes diz abertamente que seus pais, mães e parentes estão sob sua sujeição.

Um selvagem me disse, por meio de um intérprete, que tinha ficado um dia muito curioso e havia perguntado ao diabo, tendo visto morrerem os franceses em sua terra, o que ele havia feito dos franceses mortos. O diabo respondeu que não tinha poder sobre eles, que Tupã era seu deus e que os levava ao seu lugar.

Não ousam sair de noite das suas casas sem fogo, porque têm medo de encontrar o diabo no caminho.

Se se lhes fala de Deus, como algumas vezes tenho feito, escutam com atenção, com admiração, e perguntam se não seria ele o profeta que lhes ensinou a plantar suas grossas raízes de batata-doce.

Souberam de seus pais que, antes de conhecerem essas raízes, só viviam de ervas, como animais, e de raízes selvagens. Até que veio ao seu país um grande caraíba, isto é, um profeta. Este se dirigiu a uma moça e lhe deu certas grossas raízes – de batata-doce – parecidas com o nabo limusino, ensinando a ela que as cortasse em pedaços e depois as plantasse na terra, o que ela fez.

[capítulo 24 / continuação da crença desse povo selvagem]

Se eu quisesse narrar toda a história, na qual esses bárbaros creem, não teria nunca conseguido, principalmente mencionar certas transformações e os nomes de muitos bichos transformados em homens, e falar do seu espírito anhanga, que os atormenta. Veem sua figura frequentemente na água, quando se banham ou quando querem beber em algum rio ou fonte.

Falando sobre isso, esse mestre rei, de quem já tratamos, depois de nos ter recebido, nos levou, no fim de alguns dias, para ver uma pedra larga e longa de cinco pés aproximadamente, na qual apareciam algumas marcas de verga, ou bastão, e formas de pé que eles afirmam ser de seu grande caraíba, aquele que lhes deu o conhecimento de todas as coisas. O lugar onde está essa pedra é vizinho a Cabo Frio.

Esses pajés têm intimidade com esses malignos espíritos, que chamam anhanga. E, quanto aos caraíbas, eles os têm em tão alta conta que, quando afligidos por doenças, chegam a rezar para eles.

Esses profetas caraíbas e pajés usam de certas invocações e cerimônias, as quais se fazem da seguinte maneira. Os índios constroem uma cabana nova e põe nela uma rede de algodão branco e grande quantidade de víveres. Isso feito, o caraíba – tendo feito abstinência de suas mulheres, por nove dias, e tendo sido lavado antes de entrar por uma moça virgem – é conduzido solenemente pelo povo para essa cabana.

Assim que entram na câmara dos mistérios, o povo recua um pouco. É quando ele se deita na rede, fazendo mil caretas, e invocando o espírito que chamam Uiucirá, durante muito tempo.

Então, o espírito vem a ele, soprando e assobiando, como uma flauta. Os selvagens dizem e alguns deles me têm relatado que, quando o povo ainda está presente, acontece frequentemente de Uiucirá chegar. Não que o vejam, mas escutam alguns ruídos e uivos, com algum turbilhão de vento.

As coisas mais importantes que os pajés perguntam ao espírito são relativas à guerra, para saber de que lado será a vitória, ao que ele responde, advertindo se alguém será comido, se será ferido por algum animal perigoso.

Esse pobre povo nos contou que muito tempo antes de nós chegarmos o espírito tinha predito nossa vinda.

[capítulo 26 / a maneira como eles fazem a guerra]

Assim que eles deliberam de levar a guerra contra os inimigos, começam a fazer provisão de farinha de guerra e imediatamente partem, mas se por acaso encontram uma onça ou uma cobra no meio do caminho, imediatamente retornam, dizendo que esse encontro é um mau presságio para seus negócios.

[capítulo 27 / continuação de suas guerras e prisioneiros]

Estando na aldeia de *Margariampin*, descobri ainda algumas outras cerimônias que têm ao tratar seus inimigos. Eles fazem trazer em grandes alguidares a muçurana, uma grande corda de algodão, tendo pelo menos trinta braças de comprimento, e a põem na área central de suas aldeias. Estando nesse lugar, a esticam sobre duas forquilhas, a fim de a fazer secar, porque antes a tingiram de branco; estando seca, os mais velhos a tomam para nela fazer um nó muito difícil de fazer, depois do que todos batem suas mãos, em sinal de alegria, soltando um grande grito, tudo isso sendo feito na presença do prisioneiro.

Depois dessas cerimônias, repõem aquela muçurana dentro dos alguidares e a levam à casa do mestre dos prisioneiros. Depois fazem sair os prisioneiros de suas cabanas, feitas inteiramente de grossas peças de madeira, como a porta dessas habitações. E isso lhes serve de prisão, na qual são cuidadosamente guardados.

Depois de saírem, são conduzidos às cabanas do sul, para as quais levam seus leitos. Sendo aí assentados, os prisioneiros têm seus cabelos raspados, na frente; e são enegrecidos de jenipapo tanto o rosto como o corpo todo. Depois de enegrecidos, seu mestre faz vir a maior parte das mulheres, tanto velhas quanto jovens, e as faz todas se pintarem de jenipapo, na presença dos ditos prisioneiros.

Isso feito, repõem os ditos prisioneiros na mesma cabana, na qual tinham sido postos antes, onde ficam somente até à noite. Chegada a noite, são reenviados à mesma cabana, para onde tinham partido de manhã e onde puseram seus leitos. Essa é a última vez em que entram na sua cabana.

Todas as velhas, que tinham sido enegrecidas na presença dos prisioneiros, deitadas em leitos pendurados ao redor das redes deles, começam a cantar assim que eles chegam e não param toda a noite sem jamais dormir.

Os prisioneiros dificilmente conseguem dormir, ouvindo a melodia dessas doces prosérpinas. Para se rirem deles, elas os obrigam a escutar que nem eles, nem os da sua nação, tinham conseguido matar os amigos delas, que o tempo era chegado de eles pagarem a dívida, que eles seriam comidos naquela mesma noite.

Eu fui ver essas diabas por três vezes para ver se elas dormiam, mas não dormiram nunca. Levei até um dos meus intérpretes, para me explicar o canto, que dizia que elas tirariam vingança dos seus amigos.

Houve um dos prisioneiros, jovem de vinte anos, que recebeu nessa mesma noite uma jovem moça da idade de quinze anos, para dormir com ele. Todavia creio que não teve muito desejo de fazer isso. Sua pobre mulher estava deitada sob seu leito, enquanto aquela jovem moça estava com ele dentro do leito.

Nesse mesmo dia de manhã, quando os prisioneiros e as mulheres foram enegrecidos, também os homens, que eram destinados ao serviço do sacrifício, foram enegrecidos numa cabana feita expressamente para isso, sendo todos cobertos de goma e, por cima dela, de muitas plumas vermelhas. O rosto não foi coberto de plumas, mas de goma somente; e, por cima, escamas de ovo de perdiz bem batidas, de cor de azinhavre.

Tinham um aspecto disforme. Havia também nas suas cabeças belas plumas, presas com cera. E havia também algumas mulheres vestidas da mesma forma que os sobreditos, exceto por não terem plumas na cabeça.

Durante toda a noite, mulheres e homens restantes não cessaram de dançar, indo de cabana em cabana, e mesmo na cabana onde foram emplumados os homens e mulheres.

Nesse mesmo dia foi feito sobre cera, a cada um dos prisioneiros, uma carapuça coberta de belas penas. Coisa excelente e muito bem-feita. Perto dos leitos dos ditos prisioneiros havia uma peça de madeira fincada um pé e meio sob a terra, sobre a qual foi posta aquela carapuça. E era essa peça de madeira da grossura da perna, com dois pés acima da terra.

Logo depois disso foram levados os prisioneiros para fora da aldeia, entre as cabanas do norte e do oeste, e nesse lugar lavaram a barba deles e rasparam ainda alguma coisa que não tinha sido feita no dia precedente. E nesse mesmo instante foram desagrilhoados. Todos os selvagens estavam enfileirados, do outro lado da entrada das cabanas. Pelo meio dos quais selvagens se fez correr os ditos prisioneiros, e tendo naquelas filas um selvagem constituído para recebê-los. Estavam todos com um enduape atrás das costas, pintados como antes foi dito, com um sapato de algodão todo novo.

Imediatamente os prisioneiros partem do lugar onde foram desamarrados, para correr entre as duas filas de selvagens, tendo um espaço de vinte passos entre as duas filas. Logo são alcançados pelo corpo, e todos caem sobre eles, para levá-los ao centro das quatro cabanas. Lá, passam no pescoço a muçurana, da qual falamos acima, que é segura por dois homens.

Enquanto isso, permitem que os prisioneiros usem fundas para lançar frutos de jenipapo nas pessoas que desejarem, tendo às vezes arcos e flechas sem ponta, as quais atiram – embora não sejam como aquelas com as quais costumam atirar, que não deixam de ferir.

A mulher de cada um dos prisioneiros fica atrás do marido com um cesto cheio de frutos de jenipapo, ou um monte de raízes, para guiá-los, às vezes carregando flechas. E corriam aqueles para todos os lados, apenas seguidos por seus guardas e mulheres, obrigadas a correr atrás deles.

Depois de correrem um pouco, foram levados à cabana do oeste, onde sua rede estava pendurada, ao lado das carapuças. Foram de novo até eles muitas mulheres emplumadas. Depois de terem sido bem paramentadas com seus belos vestidos, saíam das cabanas, de quatro a quatro, cada uma delas com um enduape atrás das costas. E batiam com a mão na boca, passando diante dos prisioneiros, gritando o mais que podiam. Depois, estando todas fora, corriam pelo meio da praça, discutindo umas com as outras, como se estivessem querendo brigar.

Depois de terem estado algum tempo nesse lugar, retornavam imediatamente às cabanas, passando sempre diante dos prisioneiros, para lhes fazer mais desagrado. E, saindo de novo, de quatro a quatro, por diversas vezes, faziam como da primeira vez.

Pelas cinco horas da tarde, fizeram sair os prisioneiros da cabana e levaram todos para uma cabana feita expressamente para os abrigar essa noite, pondo ao pé de cada um sua carapuça. Foram tocando os instrumentos que costumam usar em suas danças. À noite, assim que o sol se pôs, levaram os prisioneiros ao meio da praça, com os instrumentos a que já fiz menção, a fim de fazê-los dançar. O que um deles não se negou a fazer, a saber, o mais velho, que dançou.

A dança – chamada dança do veado, na qual dançaram todos os selvagens, tanto homens quanto mulheres – foi interrompida pelos outros prisioneiros, que começaram a dar golpes de funda, de tal forma que foram obrigados a deixar o lugar.

Quando isso acabou, começaram a amarrar de novo os prisioneiros, na sua última prisão. A muçurana, presa pelas pontas a duas pequenas árvores, foi carregada a fim de ser exibida a cada prisioneiro, que foi preso a ela pelo pescoço.

Nesse mesmo dia, na presença dos prisioneiros, foram as espadas carregadas cada uma dentro de um alguidar novo, tendo pelo menos meio almude. Levaram também dois outros pequenos alguidares, que continham goma, penas e um fio de algodão para lhes enfeitar.

Isso tudo foi levado à cabana do norte, onde as espadas foram muito bem emplumadas, cada uma por uma velha, da seguinte maneira: as plumas eram amarradas ao cabo com uma libra de algodão, a fim de ficarem bem presas; o gume e a parte lisa da espada eram untados de goma, sobre os quais eram preparados uma infinidade de compartimentos bem--feitos, onde punham cascas de ovos.

Estando assim ornamentadas, as espadas foram deixadas de costas nos alguidares, e depois penduradas à noite na cabana. Por toda a noite foi feita uma dança em torno delas, e diziam que era para adormecerem as espadas, levando em seu canto uma canção triste, com um tambor batendo, do modo como se faz em França o enterro de um militar.

Também não quero esquecer que nesse mesmo dia o rosto dos prisioneiros foi untado com goma e coberto com casca de ovo. As mulheres que enfeitaram as espadas enfeitaram o rosto deles e tiveram o rosto enfeitado também.

No dia seguinte, que era o dia da execução, eles foram levados logo de manhã à área central, onde terminariam suas vidas. Enquanto eram levados, os índios tocavam seus acostumados instrumentos, carregando a muçurana na ponta das pequenas árvores. Os acompanhantes iam cantando e dançando.

Chegando ao dito lugar, tiraram a muçurana das pequenas árvores e a esticaram em todo o seu comprimento, descendo o laço do pescoço para o meio do corpo, deixando livres os braços dos prisioneiros. As mulheres destes estavam ao redor, abraçadas a eles, chorando amargamente.

Imediatamente as mulheres que ornamentaram as espadas as trazem e as oferecem para que todos as toquem, um por um. É uma grande alegria para quem as toca. Isso para eles é presságio de que matarão seus inimigos.

Isso feito, a espada é apresentada a um dos principais, que a oferece ao homem designado para fazer a execução. Depois que a recebe, ele se chega ao prisioneiro, mostrando a espada, e – fingindo querer atingi-lo – diz: "O tempo é chegado em que tu deves morrer, para que sejam vingados nossos amigos mortos por ti e teus amigos."

O prisioneiro, firme como um rochedo, responde que não tem medo da morte, estando bem seguro de que seus amigos tirarão vingança mais tarde ou mais cedo.

Acabadas tais palavras, aquele que tem a espada dá imediatamente vários golpes nos flancos, de forma que o prisioneiro acaba caindo por terra. Para terem mais prazer com aquilo, o levantam, para ver se ele se mantém em pé.

Quando o prisioneiro já não se aguenta, o executor, vendo-o no chão, passa sobre ele duas vezes e depois lhe quebra a cabeça.

O sangue e tudo o que cai dos miolos não ficam muito tempo na terra, porque são imediatamente recolhidos numa velha cabaça por uma velha, que tira toda a areia e bebe tudo cru.

Depois que morre, uma velha lhe mete um tição no ânus, com medo de algo se perder, e imediatamente eles o põem sobre um grande fogo, preparado antes de sua morte, a fim de tirar a pele, onde também há uma caldeira com água fervendo, para cozinhar o que eles querem cozinhar.

O resto é entregue àqueles aos quais havia sido prometido há muito tempo. Os chouriços e tripas são dados aos rapazes e os pulmões às moças. Eles põem as tripas nas frigideiras, assim que saem do corpo, sem nada delas tirar. Eu vos deixo a imaginar que sopa![5]

Houve um dos prisioneiros que arrancou a espada das mãos daquele que queria matá-lo. Teria feito algum mal se

---

5 É mentira sensacionalista, ou engano crasso, de Thevet. Outras fontes informam claramente que as tripas eram lavadas antes de serem consumidas.

não lhe fosse ela imediatamente arrancada das mãos e devolvida ao executor. Se só houvesse ele e o prisioneiro, este teria mudado sua sorte.

Em nossa presença foi cometido um ato por uma velha mulher – o mais horrível, o mais cruel, do qual nunca se ouviu falar. Esta mereceria melhor o nome de cadela que de mulher. Porque é necessário que vocês saibam que mataram uma pequena criança – filho de uma moça casada com o prisioneiro executado, não tendo mais que sete anos. Assim que foi morta, esta velha lhe abriu a cabeça e pelo buraco chupou todos os miolos; e o sangue nem teve tempo de esfriar. A filha tinha seis anos e o filho sete, os quais foram mortos na presença do pai.

Após a execução, esses veneráveis executores se retiraram, depois de receberem um sapato novo de algodão tingido de vermelho e pedras para repousarem os pés sem andar sobre a terra. Durante quatro dias não comeram nada salgado. Se comessem, tinham por certo que morreriam todos. Durante o tempo em que ficaram na rede amarraram neles um fio nos braços e outro pelo meio do corpo. Expirados quatro dias, foram desamarrados e tingidos de jenipapo. Isto feito, bebem e comem muito se eles têm do que.

Durante todas essas cerimônias eles só fazem beber cauim, passeando os prisioneiros pela aldeia, paramentados com faixas, carapuças, braceletes de diversas cores, além de mantos de plumas, que são muito belos de ver, de perto ou de longe. Dei um manto desses, de penas de arara e outras aves, no retorno da minha primeira viagem a esse país, ao falecido monsenhor Bertrandy, que depois foi cardeal, que como coisa rara fez dele presente ao rei Henry segundo.

Esses bárbaros também jogam sobre seus prisioneiros penas de papagaio em sinal de morte. Depois que fazem essas bravas cerimônias, jamais escapam de serem mortos e comidos. Eis porque, quando entram na cabana, põem diante deles o arco, flechas, colares, penas, redes, fios e outras e outras coisas pertencentes a um defunto, e lhes dão para uso do prisioneiro a rede que o defunto se deitava, os colares para porem ao redor do pescoço, a plumagem para se paramentarem quando bem lhes pareçam, os arcos e flechas, que são por eles lavados e limpos. Não é permitido a nenhum dentre eles a se servir dos bens do morto, até que tenha sido assim arranjado por um inimigo, seu escravo.

E se por acaso os parentes daquele, a quem pertence o prisioneiro, tenham sido mortos na guerra, nunca as viúvas retomam marido antes de primeiro o defunto ser vingado. E nessa ocasião se oferece à viúva o prisioneiro para compensar a perda do seu defunto marido, até que seja vindo o dia de o matar e comer em vingança do marido.

E isto lhes tira a depressão e o desgosto.

[capítulo 28 / modo do massacre que fazem os selvagens de seus prisioneiros]

Tendo introduzido no capítulo precedente a descrição do modo como esse povo governa e mantém seus inimigos tomados em guerra, me resta ainda a vos dizer sobre o modo pelo qual eles os matam.

Primeiramente, é necessário que o leitor entenda que as mulheres que têm o governo deste pobre e bárbaro prisioneiro o mantém exatamente do mesmo modo que mantinham seus defuntos maridos, até que seja chegado o dia de o matar e comer. Se não há viúva, aquele a quem pertence o prisioneiro deve oferecer a este suas irmãs ou suas mulheres. Se não as há, recorrerá a seus amigos, que não pensarão em recusar, pois a maior alegria que esperam é receber um inimigo, e aquele que o tem tomado é muito estimado entre eles.

Algum tempo depois da chegada do pobre prisioneiro, ou prisioneiros, todos os parentes e amigos são chamados para escolher que membros terão, quando o matarem, a fim de que esses amigos e parentes tragam ao captor do prisioneiro algo para comer, como é seu costume.

E com esse fim fazem um grande e solene banquete. Depois, aquele que deve matar o prisioneiro toma um nome na presença desse pobre cativo, que não fica com medo, nem espantado, nem com nenhum receio ou apreensão, tanto que é muito maior honra morrer dessa maneira que em casa, na rede, de velhice ou doença, pois se sentem superiores em relação a esses últimos que morrem sem vingança.

Mas aqueles que morrem na guerra ou como prisioneiros são vingados com a captura de seus inimigos, aos quais se faz o mesmo.

De resto, todos os parentes são convidados a esse banquete, como têm estado antes, e em grande número, para lhes ser feito o presente dos membros e pedaços do prisioneiro, como havia sido prometido. E ficam três dias mais ou menos sem cessar de beber e três dias depois o prisioneiro é tonsurado de novo e a face pintada de pó de casca de ovos verdes, depois coberto de penas por cima da cabeça, depois é amarrado com grossas cordas de algodão muito bem-feitas, trançadas em dobro, com laços e nós sutilmente feitos por um designado a fazê-los, corda essa que bem pode ser de trinta braças, grossa como o polegar de um homem grande.

Isso feito, põem o prisioneiro a dormir com suas mulheres, que carregam a corda atrás dele e o guardam toda a noite, com medo que fuja, como fazem frequentemente.

Na manhã seguinte, essa corda é retirada do pescoço, posta no corpo e estirada por cada um dos lados por outros. O que deve matar está diante do prisioneiro, fingindo que dá alguns golpes até aplicar um certeiro, acima da nuca, tão forte que o derruba, redobrando os golpes até que lhe tenha perfeitamente partido a cabeça.

Há três tipos de madeira de que se faz esse bastão: uma é negra, outra é vermelha escura, e outra é avermelhada. Este instrumento assassino toma no cabo vinte feixes de penas de pássaros amarelos e brancos – que chamam canindé e arara, que são vermelhos, azuis e amarelos, alaranjados – e tem orelhas ou asas por cima, feitas de penas de tucano amarelo.

Quanto às ditas mulheres viúvas, não casam de novo senão com irmãos ou parentes próximos do defunto marido, de quem é necessário que antes vinguem a morte, se foi capturado ou comido pelo inimigo. Se morreu de velhice ou doença é necessário que aquele que vai tomar a viúva por mulher leve um prisioneiro para limpar o túmulo do trespassado, tenham já mudado de aldeia ou não, e lavar todos os ornamentos de penas, colares, arcos e flechas do defunto, além da grande rede onde dormia.

Nunca se casa de novo a viúva com alguém menos forte ou valente que seu marido.

Em minhas primeira e segunda viagens fui por três vezes a essa ilha dos Maracajás, lá onde para minha grande tristeza vi fazerem dois massacres de três prisioneiros.[6]

---

6 Atual ilha do Governador.

[capítulo 30 / continuação do precedente capítulo das mulheres]

A criança é também lavada e posta num pequeno leito, suspenso entre duas ibirapemas, se é um menino; e é feito para ele uma oferta cerimoniosa, de bom presságio, que consiste em garras desse grande animal chamado onça, e penas de águia, a fim de que ele seja virtuoso e de grande coragem.

Quando seu marido é morto, ou outro de seus parentes, elas dobram o corpo junto com o leito onde ele morreu, como as crianças ficam no ventre da mãe; assim enrolado, põem o defunto em um grande pote e o cobrem com um prato, onde este costumava se lavar. Depois fazem um fosso redondo, como um poço, profundo em torno da altura de um homem, e inumam assim o corpo morto, com um pequeno fogo ao lado, a fim de que o maligno espírito não se aproxime, e com um pouco de farinha, a fim de que, se a alma do defunto tiver fome, possa comer, cobrindo tudo com a terra que foi retirada.

Se é um pai de família, é enterrado em casa, no próprio lugar onde dormia; se é uma criança, é posta fora da casa, atrás de onde ele estava.

As mulheres choram seus mortos quase meio ano. E depois fazem uma festa pelo morto, seja pequeno, seja grande, e se põem a se pintar e se enfeitar, como é seu costume.

[capítulo 33 / como esse povo selvagem combate e de que são feitos seus bastões]

Percebi que meu astrolábio estava pendurado no pescoço de um régulo chamado Seixu, que é propriamente esse animal furioso, que eles temem tanto, que nós chamamos onça.

Essas pobres gentes, quando viajam pelo mar, vendo que ele está furioso, têm sempre a pluma de certos pássaros, que se assemelham às nossas perdizes, e alguma outra coisa, que jogam nas ondas espumantes e furiosas do mar, pensando por esse meio aplacar sua cólera.

[capítulo 34 / dos animais que se acham nesse país]

Depois que eles caçam o cervo, ou corça, não põem estes animais dentro das cabanas sem antes lhes cortar pernas e coxas, pois, se fizessem diferente, isso tiraria deles e de seus filhos a capacidade de capturar inimigos na corrida.

Eles não comem carne de predadores, como o seixu, que é a onça.

Eles fazem guerra aos animais e aos homens. Quando querem apanhar aqueles, fazem dessa maneira: a presa é trazida ao meio da taba, e as mulheres a adornam de penas de todas as cores, da mesma forma que eles fazem com um prisioneiro quando vai ser comido, pondo braceletes nos braços e, segurando o animal sentado, o choram dizendo em sua língua "te peço não queira se vingar em nossas crianças o fato de ter sido presa, e morta por tua ignorância; não fomos nós que te enganamos, foi você mesmo, que tua alma não dê conselho aos seus semelhantes de dar morte aos nossos filhos". Feito isso as velhas tiram a pele e conservam só o couro. Assim fazem para apanhar essas onças predadoras que chamam seixu.

[capítulo 35 / como os selvagens fazem fogo e das raízes de que eles fazem suas farinhas, e árvores do Brasil]

Têm tanta necessidade de fogo quanto nós para cozinhar sua carne, e também para resistir a esse espírito que lhes aflige durante a noite e prejudica seus negócios.

Uns lhe dão o nome de anhanga, outros de *raa-onan* ou caajara.

Tal maneira de fazer fogo dizem ter sido ensinada por um caraíba, nomeado Ibitu, que é o trovão, que a ensinou a seus pais à noite, durante o sono, algum tempo depois do dilúvio.

Sobre todos os pássaros que os selvagens têm, admiram um – e sobre este têm tal superstição que não é permitido matá-lo nem lhe fazer ofensa – que canta tão docemente que parece um mocho, ou coruja. Estimam que com essa música tão harmoniosa esse triste pássaro seja enviado de seus parentes mortos, para lhes trazer boa sorte e infelicidade aos inimigos. Não é esse pássaro muito maior que um pombo, tendo a cor cinza, vivendo do fruto do buranhém.

[capítulo 36 / os selvagens creem que a alma é imortal]

Esses selvagens creem que a alma é imortal, e dizem que o espírito do homem é imortal, como a alma.

As almas dos que morrem combatendo corajosamente contra os inimigos vão com muitos espíritos a lugares de prazer, onde há belas florestas, jardins, agradáveis plantações de árvores, e onde estão as coisas mais deliciosas do mundo.

As almas daqueles que não socorreram o país e não combateram os inimigos se vão com anhanga, o espírito maligno, o mais feio e horrível que já foi criado pelo grande Tupã.

E um rei me respondeu muito furiosamente em sua língua: "Seu canalha, não sabes tu que depois da morte nossas almas vão a lugares distantes e se reúnem em lugares agradáveis, cheios de delícias? Não sabes tu que fomos ensinados por nossos caraíbas, que as visitam e falam frequentemente com elas, que aparecem a eles e a nossas crianças frequentemente? Vejo bem que você põe isso em dúvida, como se você quisesse favorecer nossos inimigos, que estão na verdade presos e garroteados pelo medonho anhanga."

Se vem alguma tempestade, pensam que são as almas de seus parentes e amigos, que assim lhes inquietam.

Para aplacar a tormenta, jogam alguma coisa na água como que fazendo uma dádiva ou presente de homenagem, estimando que por esse meio a fúria dos temporais possa ser aplacada.

[capítulo 41 / da ilha dos Maracajás, que fica no mesmo Rio de Janeiro]

Há aqueles chamados tapuité, ou seja, homens para comer. E dizem os tupiniquim que eles foram feitos de tições de fogo por um dos maíras, para servirem de caça e outros passatempos, bem como para seus exercícios de guerra.

Quando pegam alguns de seus inimigos, antes que cheguem em suas casas, levam o prisioneiro sobre o túmulo do seu pai, irmão ou parente, para fazê-lo renovar a dita sepultura.

[capítulo 42 / da terra e país vizinho ao do Rio de Janeiro]

Esqueci de descrever que os brasileiros mudam de residência de oito em oito anos, por temerem grandes doenças que lhes poderiam advir.

As singularidades
da França Antártica

[capítulo 24][7]

Após termos sido assim recepcionados, levou-nos o chefe a uma laje de cerca de cinco pés de comprimento, na qual se viam umas ranhuras que pareciam ter sido feitas por uma vara ou um bastão, e as marcas de dois pés, que os indígenas afirmam ser de seu Grande Caraíba, ao qual reverenciam como os turcos a Mafoma, dizendo que foi ele quem lhes ensinou a fazer e a usar o fogo, e a como plantar as raízes, a eles que antes viviam apenas de folhas e ervas, quais animais.

[capítulo 28]

Os selvagens desse lugar mencionam um Grande Ser, cujo nome em sua língua é Tupã, acreditando que viva nas altu-

---

7 Estavam em Cabo Frio, 2 de novembro de 1555.

ras e faça chover e trovejar. Não conhecem, entretanto, um modo de dirigir-lhe louvores ou preces, nunca o fazendo nem possuindo lugares reservados para tal. Quando lhes falamos a respeito de Deus, como algumas vezes o fiz, eles nos escutam atentos e maravilhados, perguntando eventualmente se não seria este Deus o mesmo profeta que lhes ensinou a plantar os tubérculos que chamam de *jetyca*.

Aprenderam com seus pais que, antes do conhecimento desta e de outras raízes, alimentavam-se somente de ervas e de raízes, como os animais. Contam que uma vez apareceu entre eles um grande caraíba, que se dirigiu a uma jovem e lhe confiou uma raiz volumosa denominada *jetyca*, semelhante ao nabo limusino, ensinando-lhe a cortá-la em fatias, plantando-as depois na terra. Assim fez a moça e este conhecimento tem sido transmitido de pai para filho até os dias de hoje.

Os índios além disso deixaram de chamar o branco de caraíba, que significa profeta ou semideus, preferindo chamar-nos, desdenhosa e infamantemente, de maíra, nome de um dos seus antigos profetas que eles detestam e tratam com desprezo.

Quanto a Tupã, respeitam-no muito, acreditando que não more em um único lugar, mas que esteja sempre indo e vindo de um ponto para outro, revelando aos profetas indígenas seus grandes segredos.

[capítulo 35]

Estes pobres americanos deparam muitas vezes com um determinado mau espírito que ora assume uma forma, ora outra. Chamam-no de *Anhã*. Este demônio persegue-os frequentemente de dia e de noite, atormentando não só a alma mas também, e especialmente, os corpos. Anhã castiga e machuca excessivamente os índios. Por esta razão temem sair de suas ocas à noite, a não ser que levem consigo uma tocha, pois acham que o fogo é um soberano remédio e defesa segura contra tal inimigo.

[capítulo 36]

Um silvícola contou-me que seu profeta, entre outras coisas, havia previsto nossa chegada. Chamam a este espírito Uiucirá.

[capitulo 37]

Julgam eles que a alma (chamam-na de *xerypycuera*) seja imortal. Ouvi isto deles mesmos quando lhes indaguei acerca do que aconteceria ao seu espírito depois da morte. Responderam-me que as almas daqueles que combateram corajosamente seus inimigos seguem juntamente com diversas outras almas para locais aprazíveis: bosques, jardins, pomares. Por outro lado, as dos que não lutaram com denodo em defesa de sua tribo, vão-se elas com anhanga.

Outra tola crendice dos silvícolas refere-se às tempestades e tormentas, muito frequentes nestas terras. Acreditam que sejam causadas pelas almas dos parentes e amigos dos inimigos. Por isso, quando navegam por mar ou por rio guerreando seus vizinhos, se sobrevém uma tempestade, atiram algum objeto às águas, à guisa de oferenda, presumindo que o presente tenha a virtude de apaziguar os elementos.

Então, tendo devolvido ao morto tudo o que lhe pertencia em vida, seu corpo é amarrado bem firmemente com cordas feitas de algodão ou das cascas de certas árvores. Os selvagens acreditam que deste modo o morto não poderá regressar do além, coisa de que têm pavor. Dizem que isso já aconteceu a alguns de seus antepassados e por isso resolveram agir assim.

[capítulo 43]

Choram homens e mulheres enquanto dizem em sua língua: "Como nosso pai era amigo e bom! como era valente na guerra! quantos inimigos ele derrotou e matou! era um homem muito forte! trabalhava na roça e sempre trazia muita caça e muito peixe para nos alimentar! morreu, nunca mais o veremos, a não ser depois da nossa morte, quando o encontraremos na terra em que nossos pajés contam que viram."

[capítulo 49]

Os selvagens americanos têm uma crendice. É a seguinte: quando caçam um veado ou uma corça, não se atrevem a levar essa presa para casa sem antes cortar-lhe as pernas e quartos traseiros, acreditando que se a levassem com todos os quatro membros, isso lhes tiraria, deles e de seus filhos, a rapidez necessária para alcançar os inimigos em fuga. Têm a cabeça cheia de tolices desse tipo. A única explicação que encontram para elas é que o próprio Grande caraíba lhes teria deixado tais ensinamentos, conforme lhes contam seus pajés e curandeiros.

[capítulo 52]

Dizem alguns que o animal[8] se alimenta somente das folhas de certa árvore que os nativos chamam de *amahut*, a mais alta de todas as que aí existem, mas cujas folhas são pequeninas e delicadas. O nome *aí* vem do fato de que o animal vive constantemente nessa árvore.

[capítulo 53]

Dizem os selvagens que este engenhoso processo de fazer fogo lhes teria sido ensinado pelo grande caraíba, o profeta-mor, que transmitira a seus ancestrais este e muitos outros conhecimentos que eles antes ignoravam.

Quem lhes ensinou esse conhecimento, conforme dissemos, foi o grande caraíba, à noite, enquanto dormia, algum tempo depois de um dilúvio que eles dizem ter ocorrido em priscas eras.

Quanto ao tal dilúvio, dizem eles que as águas subiram tanto que chegaram a cobrir até mesmo as montanhas mais altas dessa terra, fazendo com que todas as pessoas perecessem afogadas.

Assim, pelo tanto de luas que atribuem à ocorrência do dilúvio, pode-se calcular que ele se deu há bem uns quinhentos anos.

Segundo relatam, depois que as águas baixaram e se escoaram, apareceu um grande caraíba, o maior que jamais esteve entre eles, trazendo consigo para aí, de terras muito

---

8 Fala da preguiça.

longínquas, um povo que viva nu assim como eles presente-
mente. Este povo multiplicou-se até os dias de hoje, sendo
deles que os selvagens presumem descender.

Outros cronistas

Pigafetta

ESTEVE NO RIO DE JANEIRO entre 13 e 27 de dezembro de 1519, integrando a famosa primeira viagem de circunavegação da terra realizada por Fernão de Magalhães. Escreveu sobre o que ouviu de terceiros.

[*Primeira viagem em volta do mundo*, impressa pela primeira vez em 1880]

Certa velha não tinha mais que um único filho, que foi morto pelos inimigos; algum tempo depois, o assassino de seu filho foi feito prisioneiro e conduzido à sua presença. Para vingar-se, a mãe se lançou como uma fera sobre ele, e a dentadas lhe destroçou a espádua. Teve o prisioneiro a dupla sorte de escapar das mãos da velha, fugir e voltar para os seus, aos quais mostrou as marcas das dentadas em sua espádua, e os fez crer (talvez ele mesmo tenha crido) que os inimigos tinham pretendido devorá-lo vivo. Para não serem menos ferozes que os outros, decidiram comer de verdade os inimigos que tomavam nos combates, e os outros fizeram o mesmo. Todavia, não os comem em campo de batalha, senão que os despedaçam e os repartem entre os vencedores. Isto me contou nosso piloto João Carvalho, que passou quatro anos no Brasil.

Nóbrega

[*Cartas do Brasil e mais escritos*, organização de Serafim Leite]

As informações de Nóbrega que aqui reproduzi foram dadas de Salvador, região habitada pelos tupinambá, em 1549, ano de sua chegada ao Brasil. Ao que parece, o jesuíta não teve contato com outro grupo de língua tupi até viajar a Porto Seguro, onde encontrou índios tupiniquim, conforme se lê numa carta de 6 de janeiro de 1550.

É todavia provável que tais informações tenham sido obtidas de segunda mão, pela boca dos colonos e não por indagação direta aos índios. Aliás, nessa mesma carta de 6 de janeiro de 1550, ele insinua ainda não ter domínio pleno do tupi – coisa que já não acontecia com o padre Azpilcueta Navarro.

Vale também observar que Nóbrega, assim como outros jesuítas, não estava nem um pouco interessado na mitologia indígena. Queria apenas saber o quanto da "verdade" – revelada nas Escrituras – era deles conhecida. Por isso, mencionou o mito do dilúvio e a vinda de São Tomé (associado ao Sumé nativo). Essa associação de mitos tupinambá a passagens bíblicas servia tão-somente para ratificação dos livros sagrados.

Tudo isso explica a pobreza e as contradições dos textos do padre Nóbrega. É, portanto, uma fonte para ser considerada com reserva.

[Salvador, 15 de abril de 1549]

Também me contou pessoa fidedigna que as raízes de que cá se faz o pão, que são Tomé as deu, porque cá não tinham pão nenhum. E isto se sabe da fama que anda entre eles, *quia patres eorum nuntiavrunt eis*. Estão daqui perto umas pisadas figuradas em uma rocha, que todos dizem serem suas. Como tivermos mais vagar, havemo-las de ir ver.

[Salvador, 10 de agosto de 1549]

E não têm guerra por cobiça que tenham, porque todos não têm nada além do que pescam e caçam e o fruto que toda a terra dá, mas somente por ódio e vingança; em tanta maneira que se dão uma topada atiram-se com os dentes ao pau ou pedra onde a deram, e comem piolhos e pulgas e toda a imundícia, apenas por se vingar do mal que lhes fizeram.

Quando morre algum deles enterram-no assentado e põem-lhe de comer com uma rede em que eles dormem, e dizem que as suas almas andam pelos montes e que vêm ali comer.

Têm muita notícia do demônio e topam com ele de noite e têm grande medo dele. Andam com lume de noite por medo dele e esta é a sua defesa.

Têm notícia do dilúvio de Noé, posto que não segundo a verdadeira história, porque dizem que morreram todos exceto uma velha que escapou numa árvore alta.

E também têm notícia de Santo Tomé e de um seu companheiro; e nesta Baía estão umas pegadas numa rocha que se têm por suas, e outras em São Vicente, que é no cabo desta costa. Dizem dele que lhes deu o mantimento, que eles agora têm, que são raízes de ervas; estão bem com ele, posto que de um seu companheiro dizem mal; e não sei a causa, a não ser a que ouvi dizer que as flechas que lhe atiravam se tornavam aos que as atiravam e os matavam.

Trabalhei por me ver com um feiticeiro, o maior desta terra, o qual todos mandam chamar para curar as suas enfermidades. Perguntei-lhe *in qua potestate haec faciebat*, se tinha comunicação com Deus, que fez o Céu e a Terra e reinava nos céus, ou com o demônio, que estava nos infernos. Respondeu-me com pouca vergonha que ele era Deus e que havia nascido deus e apresentou-me ali um a quem dizia ter dado saúde, e que o deus dos céus era seu amigo, e lhe aparecia em nuvens e trovões, e em relâmpagos, e em outras coisas muitas.

[*Informação das terras do Brasil*, 1549]

Esta gentilidade a nenhuma coisa adora, nem conhecem a Deus, somente aos trovões chamam *Tupana*, que é como quem diz coisa divina. E assim nós não temos outro vocábulo mais conveniente para os trazer ao conhecimento de Deus que chamar-lhe pai Tupana.

Em chegando o feiticeiro diz que não curem de trabalhar, não vão à roça que o mantimento por si crescerá, e que nunca lhes faltará que comer, e que por si virá a casa, e que as aguilhadas irão a cavar, e as flechas irão ao mato por caça para o seu senhor, e que hão de matar muitos dos seus contrários e cativarão muitos para os seus comeres. E promete-lhes larga vida e que as velhas se hão de tornar moças, e as filhas que as deem a quem quiserem.

Quando morrem alguns do seus põem-lhe sobre a sepultura pratos, cheios de viandas, e uma rede em que eles dormem muito bem lavada. Isto porque creem, segundo dizem, que depois que morrem tornam a comer e descansar sobre a sua sepultura.

Não têm conhecimento de glória nem inferno, somente dizem que depois de morrer vão descansar a um bom lugar.

A suas filhas nenhuma coisa dão em casamento, antes os genros ficam obrigados a servir a seus sogros.

Têm memória do dilúvio, mas falsamente, porque dizem que cobrindo-se a Terra de água, uma mulher com seu marido subiram em um pinheiro, e depois de minguadas as águas desceram: e destes procedem todos os homens e mulheres.

Estão muito apegados com as coisas sensuais, muitas vezes me perguntam se Deus tem cabeça, e corpo, e mulher, e se come, e de que se veste, e outras coisas semelhantes.

Dizem eles que São Tomé, a quem chamam Zomé, passou por aqui. Isto lhes ficou por dito de seus antepassados. E que suas pisadas estão sinaladas junto de um rio, as quais eu fui ver por mais certeza da verdade, e vi com os próprios olhos quatro pisadas mui sinaladas com seus dedos, as quais algumas vezes cobre o rio, quando enche. Dizem também que quando deixou estas pisadas, ia fugindo dos índios que o queriam frechar, e chegando ali se lhe abrira o rio, e passara por meio dele, sem se molhar, à outra parte. E dali foi para a Índia. Assim mesmo contam que quando o queriam frechar os índios, as frechas se tornavam para eles, e os matos lhe faziam caminho por onde passasse. Outros contam isto como por escárnio. Dizem também que lhes prometeu que havia de tornar outra vez a vê-los.

Staden

[*A verdadeira história dos selvagens nus e ferozes devoradores de homens*, publicada em 1557; tradução de Pedro Süssekind]

Hans Staden chegou ao Brasil em 1549 e retornou à Europa em 1554. Ficou famoso depois da publicação de sua narrativa na Europa, em que relatava suas aventuras, especialmente seu aprisionamento pelos tupinambá, que iriam devorá-lo se não tivesse sido resgatado numa nau francesa.

Teria sido talvez um grande informante, se tivesse tido algum interesse pela mitologia indígena, porque sabia muito bem o tupi. Mas nem a descrição dos rituais lhe mereceu muita atenção. O valor do seu texto está mais no relato muito vivo do cotidiano das aldeias e da personalidade de vários índios.

É fonte que deve ser respeitada, contudo, em função de ter sido testemunha direta dos fatos e ter colhido informações sem a intervenção de intérpretes.

[parte 1, capítulo 36]

Na noite anterior ao banquete da festa, fui ter com o escravo e perguntei-lhe: "Você está bem preparado para a morte?". Sorriu, afirmando que sim, que estava com tudo o que era necessário, só a muçurana é que não era longa o suficiente, em sua terra era mais bem feita. Depois continuou a falar, como se estivesse indo à quermesse.

Contei-lhe que também era um prisioneiro, como ele, e não tinha vindo à festa por ter vontade de comê-lo. Ele respondeu: "Sei muito bem que a sua gente não devora homens." Tentei consolá-lo com o argumento de que iriam comer apenas a sua carne, ao passo que seu espírito iria para um lugar aonde os espíritos de minha gente também iam, no qual se encontrava muita alegria. Quis saber se isso era mesmo verdade.

[parte 2, capítulo 6]

Os selvagens não gostam de sair das cabanas sem levar uma tocha, tamanho medo que sentem do demônio chamado por eles de anhanga, que acreditavam ver com frequência.

[parte 2, capítulo 15]

Eles raspam a cabeça, deixando apenas uma coroa de cabelo, semelhante à de um monge. Perguntei-lhes diversas vezes como é que tinham chegado a esse tipo de cabelo e eles contaram que seus antepassados tinham-no visto em um homem de nome *Meire Humane*, que realizara muitas maravilhas entre eles.

Um outro enfeite é obtido de penas de ema. Trata-se de uma coisa grande e redonda chamada enduape. Quando vão para a guerra ou fazem uma grande festa, amarram tais enfeites nas costas.

[parte 2, capítulo 16]

Quando catam piolhos, elas os comem. Perguntei-lhes muitas vezes por que fazem isso e elas responderam que os piolhos eram seus inimigos e devoravam alguma coisa das suas cabeças, portanto queriam vingar-se deles.

[parte 2, capítulo 22]

Nessa reunião, o adivinho pega a maracá de cada um em particular. Por fim, os adivinhos lhes ordenam a partida para a guerra e a captura de muitos prisioneiros, pois os espíritos nas maracás têm apetite de comer carne de escravos.

Depois que o pajé transforma todos os chocalhos em divindades, cada homem retoma o seu e passa a chamá-lo de "filho querido", chegando mesmo a fazer uma cabaninha onde o chocalho fica, com sua comida em frente. É para as maracás que pedem tudo de que têm necessidade. Portanto, são esses os deuses deles.

Não se preocupam com o Deus verdadeiro, criador do céu e da Terra, visto acreditarem, segundo sua tradição, que o céu e a Terra sempre existiram. Também não sabem nada a respeito do começo do mundo.

Todavia contam que houve certa vez uma grande enchente em que todos os seus antepassados morreram afogados;

segundo eles, apenas uns poucos sobreviveram num barco, alguns também em cima de árvores altas. Acredito que se refiram ao dilúvio.

[parte 2, capítulo 28]

Nesse dia pintam a ibirapema, o porrete com o qual o matam. Untam a madeira com uma pasta grudenta, em seguida pegam a casca cinzenta dos ovos de um pássaro chamado macaguá, trituram-na até ficar reduzida a pó e fazem listras no porrete. O rosto do prisioneiro é pintado da mesma maneira.

Léry

[*Viagem à terra do Brasil*, publicada em 1578; tradução de Sérgio Milliet]

Léry chegou ao Brasil em 26 de fevereiro de 1557, integrando uma expedição calvinista à França Antártica, que atendia a um convite de Villegagnon. Tornou-se inimigo de Thevet. Chegou a aprender um pouco do tupi, mas se serviu de intérpretes. Passou a maior parte do tempo entre os tupinambá, mas refere ter estado também entre tupiniquim e maracajá. Deixou o país em 4 de janeiro de 1558. É fonte muito boa.

[capítulo 11]

Finalizarei pela descrição de uma entre as demais [aves], que os selvagens têm em grande estima. Muito se penalizariam se alguém lhe fizesse mal e ai de quem a matasse! É cinzenta e maior que o pombo, e tem a voz mais aguda e plangente ainda do que a coruja.

Os nossos tupinambás imaginam entretanto, ao ouvirem-na clamar à noite, principalmente, serem seus parentes e amigos mortos que a enviam em sinal de boa fortuna, para animá-los na guerra; creem firmemente que observando o que lhe indica o augúrio não só vencerão o inimigo nesta terra, mas ainda, depois da morte, o que é mais importante, irão dançar com seus ancestrais além das montanhas.

Quis convencê-los do seu erro. Mas um ancião ali presente exclamou com rudeza: "Cala-te e não nos impeças de ouvir as boas novas que nos enviam nossos avós."

[capítulo 15]

O próprio prisioneiro longe de mostrar-se pesaroso, enfeita-se todo de penas e salta e bebe como um dos mais alegres convivas.

Embora os selvagens temam a morte natural, os prisioneiros julgam-se felizes por morrerem assim publicamente no meio de seus inimigos.

[capítulo 16]

Quando conversávamos com os selvagens e calhava lhes dizermos que acreditávamos num só Deus soberano, criador do mundo, que fez o céu e a terra com todas as coisas neles contidas e delas dispunha como lhe aprazia, olhavam uns aos outros com espanto e pronunciavam o seu vocábulo designativo de admiração: "Teh."

E quando ribombava o trovão e nos valíamos da oportunidade para afirmar-lhes que era Deus quem assim fazia tremer o céu e a terra a fim de mostrar sua grandeza e seu poder, logo respondiam que se precisava intimidar-nos não valia nada.

Acreditam não só na imortalidade da alma, mas ainda que, depois da morte, as que viveram dentro das normas consideradas certas, que são as de matarem e comerem muitos inimigos, vão para além das altas montanhas dançar em lindos jardins com as almas de seus avós. Ao contrário, as almas dos covardes vão ter com anhanga, nome do diabo, que os atormenta sem cessar. Cumpre notar que esta pobre gente é afligida durante a vida por esse espírito maligno a que também chamam *kaagerre*.

E afirmavam que o viam realmente ou sob a forma de um quadrúpede, ou de uma ave ou de qualquer outra estranha figura.

Verificando que quando ouvem o trovão são levados por uma força irresistível a temê-lo.

Celebravam ainda em suas canções o fato das águas terem transbordado por tal forma em certa época, que cobriram toda a terra, afogando todos os homens do mundo, à exceção de seus antepassados que se salvaram trepando nas árvores mais altas do país.

Apareceu outro ancião que tomou a palavra e disse: "É certo que dissestes coisas maravilhosas e bonitas que nunca ouvimos; a vossa arenga nos lembra entretanto o que muitas vezes ouvimos de nossos avós, isto é, que há muito tempo, já não sei mais quantas luas, um *mair* como vós, e como vós vestido e barbado, veio a este país e com as mesmas palavras procurou persuadir-nos a obedecer a vosso Deus. Porém, conforme ouvimos de nossos antepassados nele não acredi-

taram. Depois desse veio outro e em sinal de maldição doou-
-nos o tacape com o qual nos matamos uns aos outros."

[capítulo 18]

E se lhes perguntamos porque mudam tão frequentemente
respondem apenas que passam melhor trocando de ares e
que se fizerem o contrário de seus avós morriam depressa.

[capítulo 19]

E os homens a isso respondem dizendo: "Em verdade não o
veremos mais, a não ser quando formos para além das montanhas, onde, como nos ensinam os nossos caraíbas, dança-
remos com eles."

Acreditam firmemente que se anhanga não encontrar alimentos preparados junto das sepulturas desenterrará e co-
merá o defunto; por isso colocam, na primeira noite depois
de sepultado o cadáver, grandes alguidares de farinha, aves,
peixes e outros alimentos e potes de cauim e continuam a
prestar esse serviço verdadeiramente diabólico ao defunto,
até que apodreça o corpo.

Anchieta

[*Cartas, informações, fragmentos históricos e sermões*, com notas de Capistrano de Abreu]

Anchieta chegou ao Brasil em 1553 e aqui morreu em 1597. Sua importância como personagem histórica dispensa comentários, bastando lembrar que foi o fundador da cidade de São Paulo.

Foi um dos mais ativos missionários da Companhia de Jesus e talvez o maior conhecedor do tupi, tendo publicado em 1595 uma Arte de gramática dessa língua, além de ter introduzido, no texto de seus autos, versos compostos no idioma indígena. Nesse sentido, é também um dos fundadores da literatura brasileira.

Não obstante, é mínimo o interesse de Anchieta pela vida indígena. Como Nóbrega e outros jesuítas, estava preocupado em identificar os elementos da mitologia autóctone que pudessem ter proveito para a catequese. Poderia ter sido um grande cronista.

[São Vicente, 31 de maio de 1560]

Não há muitos dias, estando nós em Piratininga, começou depois do pôr-do-sol o ar a turvar-se de repente, a enublar--se o céu e amiudaram-se os relâmpagos e trovões, levantando-se então o vento sul a envolver pouco a pouco a terra, até que chegando ao nordeste, de onde quase sempre costuma vir a tempestade, caiu com tanta violência que parecia ameaçar-nos o senhor com a destruição. O que porém, no meio de tudo isto, se tornou mais digno de admiração é que os índios que nessa ocasião se compraziam em bebidas e cantares, como costuma, não se aterraram com tanta confusão de coisas, nem deixaram de dançar e beber. Poucos dias depois de se passarem estas coisas, encontramos um feiticeiro de grande fama entre os índios, o qual depois de uma longa disputa respondeu: "Eu conheço não só a Deus, como o filho de Deus, pois há pouco, morrendo-me o meu cão, chamei o filho de Deus que me trouxesse remédio; veio ele sem demora e, irado contra o cão, trouxe consigo aquele vento impetuoso."

É coisa sabida e pela boca de todos corre que há certos demônios a que os brasis chamam *corupira*, que acometem aos índios muitas vezes no mato, dão-lhes de açoites, machucam-nos e matam-nos. Por isso costumam os índios deixar em certo caminho, que por ásperas brenhas vai ter ao interior das terras, no cume da mais alta montanha, quando por cá passam, penas de aves, abanadores, flechas e outras coisas semelhantes, como uma espécie de oblação, rogando fervorosamente aos curupiras que não lhes façam mal.

Há também nos rios outros fantasmas, a que chamam *Igpupiara*, isto é, que moram n'água, que matam do mesmo modo aos índios. Há também outros, máxime nas praias, que vivem a maior parte do tempo junto do mar e dos rios, e são chamados *baetatá*, que quer dizer "coisa de fogo", o que é o mesmo como se se dissesse "o que é todo fogo". Não se vê outra coisa senão um facho cintilante correndo daqui para ali; acomete rapidamente os índios e mata-os, como os *curupiras*: o que seja isto, ainda não sabe com certeza.

[*Informação do Brasil e de suas capitanias*][9]

Nenhuma criatura adoram por Deus, somente aos trovões cuidam que são Deus, mas nem por isso lhes fazem honra alguma, nem comumente têm ídolos nem sortes, nem comunicação com o demônio, posto que têm medo dele, porque às vezes os mata nos matos a pancadas, ou nos rios, e, porque lhes não faça mal, em alguns lugares medonhos e infamados disso, quando passam por eles, lhe deixam alguma flecha ou penas ou outra coisa como por oferta.

Alguns de seus feiticeiros, que chamam pajés, inventam uns bailes e cantares novos, de que estes índios são muito amigos, e entram com eles por toda a terra, e fazem ocupar os índios em beber e bailar todo o dia e noite, sem cuidado de fazerem mantimentos. Cada um destes feiticeiros (a que também chamam santidade) busca uma invenção com que lhe parece que ganhará mais, porque todo este é seu intento, e assim um vem dizendo que o mantimento há de crescer por si, sem fazerem plantados, e juntamente com as caças do mato se lhes hão de vir a meter em casa. Outros dizem que as velhas se hão de tornar moças e para isso fazem lavatórios de algumas ervas com que lavam; outros dizem que os que os

---

9 Anônimo atribuído a Anchieta por Capistrano de Abreu, de 1584.

não receberem se hão de tornar em pássaros e outras invenções semelhantes.

Têm alguma notícia do dilúvio, mas muito confusa, por lhes ficar de mão em mão dos maiores e contam a história de diversas maneiras.

Também lhes ficou dos antigos notícia de uns dois homens que andavam entre eles, um bom e outro mau, ao bom chamavam *Sumé*, que deve ser o apóstolo São Tomé, e este dizem que lhes fazia boas obras mas não se lembram em particular de nada. Em algumas partes se acha pegadas de homens impressas em pedra, máxime em São Vicente, onde no cabo de uma praia, em uma penedia mui rija, em que bate continuamente o mar, estão duas pegadas, como de duas pessoas diferentes, umas maiores, outras menores que parecem frescas como de pés que vinham cheios de areia, mas se verá elas estão impressas na mesma pedra. Estas é possível que fossem deste santo apóstolo e algum seu discípulo. O outro homem chamavam *Maira*, que dizem que lhes fazia mal e era contrário de *Sumé*; e por esta causa os que estão de guerra com os portugueses, lhes chamam *Maira*.

O que mais espanta aos índios e os faz fugir dos portugueses são as tiranias que com eles usam...muitas vezes os índios, por não tornarem ao seu poder, fogem pelos matos, e quando mais não podem antes se vão dar a comer a seus contrários.

Gabriel Soares de Sousa

GABRIEL SOARES DE SOUSA, PORTUGUÊS, chegou à Bahia entre 1567 e 1570. Afirma, na dedicatória do seu Tratado a um certo Cristóvão de Moura, feita em Madri, que esteve no Brasil por 17 anos. A data aposta, na tal dedicatória, é a de 1º de março de 1587.

Gabriel é das poucas fontes leigas. Foi senhor de engenho de açúcar e também aventureiro. Morreu aqui, anos depois de voltar, depois de 1590, procurando esmeraldas no sertão do rio São Francisco.

Dos livros escritos em português, é o que melhor aprecio. Excelente narrador, pelo estilo, não se interessou pela mitologia indígena, infelizmente. Teria sido, talvez, nosso melhor informante.

[*Tratado descritivo do Brasil em 1587*]

[capítulo 149]

Entre os tupinambás, moradores da banda da cidade armaram desavenças uns com os outros sobre uma moça a que tomou a seu pai por força, sem lha querer tornar; com a qual desavença se apartou toda a parentela do pai da moça e fizeram guerra aos da cidade em que se matavam cada dia muitos deles.

E tamanho ódio se criou entre essa gente que se encontram alguma sepultura antiga dos contrários, lhe desenterram a caveira e lhe quebram, com o que tomam novo nome, e de novo se tornam a inimizar.

[capítulo 152]

O que tem mais filhas é mais rico e mais estimado, e mais honrado de todos, porque são as filhas muito requestadas dos mancebos que as namoram; os quais servem os pais das damas dois ou três anos primeiro que lhes deem por mulheres; e não as dão senão aos que melhor o servem, a quem os namoradores fazem a roça e vão pescar e caçar para o sogro, que desejam ter; e lhe trazem a lenha do mato.

[capítulo 171]

Os contrários que os tupinambás cativam metem-nos em prisões, as quais são cordas de algodão grosso, que para isso têm muitas louçãs, a que chamam muçuranas.

[capítulo 172]

Como os tupinambás veem que os contrários, que têm cativos, estão já bons para matar, ordenam de fazer grandes festas a cada um, mas fazem-nas muito maiores para o dia do sacrifício do que há de padecer, com grandes cantares, e à véspera em todo o dia cantam e bailam, e ao dia se bebem muitos vinhos pela manhã, com motes que dizem sobre a cabeça do que há de padecer, que também bebe com eles.

E antes que bebam os vinhos untam o cativo todo com mel de abelhas, e por cima deste mel o empenam todo com penas de cores, e pintam-no a lugares de jenipapo, e os pés com uma tinta vermelha, e metem-lhe uma espada de pau na mão para que se defenda.

E começam a levar este preso a um terreiro fora da aldeia, que para esta execução está preparado, e metem-no entre dois moirões os quais estão furados e por cada furo metem as pontas das cordas.

[capítulo 173]

Costumam os tupinambás, primeiro que o matador saia do terreiro, enfeitá-lo muito bem, pintá-lo com lavores de jenipapo todo o corpo, e põem-lhe na cabeça uma carapuça de penas amarelas e um diadema, manilhas nos braços e pernas, das mesmas penas, grandes ramais de contas brancas sobraçadas, e seu rabo de penas de ema nas ancas e uma espada de pau de ambas as mãos muito pesada, marchetada com continhas brancas de búzios e pintada com cascas de ovos de cores, assentado tudo, em lavores ao seu modo, sobre cera, e no cabo dessa espada têm grandes penachos de penas de pássaros.

159

[capítulo 175]

É costume entre os tupinambás que, quando morre qualquer deles, o levam a enterrar embrulhado na sua rede. E quando morre algum principal, o untam com mel todo e por cima do mel o empenam com penas de pássaros de cores, e põem-lhe uma carapuça de penas na cabeça, e todos os mais enfeites que eles costumam trazer em suas festas; e têm-lhe feito na mesma e lanço onde ele vivia, uma cova muito funda e grande, para que tenha a terra que não caia sobre o defunto, e armam-lhe sua rede embaixo de maneira que não toque o morto no chão e põem-lhe junto da rede seu arco (etc.)

Gândavo

[*Tratado da terra do Brasil*, escrito provavelmente antes de 1573; *História da província de Santa Cruz*, aprovada pela Inquisição em 1575]

Segundo Capistrano de Abreu, Gândavo esteve no Brasil entre 1558 e 1572. Não se pode dizer exatamente onde residiu. Mas é possível afirmar que esteve pessoalmente nas capitanias de São Vicente, Ilhéus e Bahia, sendo certo nunca ter estado em Pernambuco. É fonte paupérrima, no que respeita à mitologia. É também dos autores mais etnocêntricos e antipáticos aos indígenas.

[*Tratado*, parte 2, capítulo 7]

Não adoram coisa alguma nem têm para si que há na outra vida glória para os bons e pena para os maus, tudo cuidam que se acaba nesta e que as almas fenecem com os corpos.

São alguns tão brutos que não querem fugir depois de os terem presos; porque houve algum que estava já no terreno atado para padecer e davam-lhe a vida e não quis, senão que o matassem, dizendo que seus parentes o não teriam por valente, e que todos correriam com ele; e daqui vem não estimarem a morte.

[*História*, capítulo 10]

Não adoram a coisa alguma, nem têm para si que há depois da morte glória para os bons e pena para os maus, e o que sentem da imortalidade da alma não é mais que terem para si que seus defuntos andam na outra vida feridos , despedaçados ou de qualquer maneira que acabaram nesta.

[*História*, capítulo 14]

Os quais como não tenham grandes fazendas que os detenham em suas pátrias, e seu intento não seja outro senão buscar sempre terras novas, a fim de lhes parecer que acharão nelas imortalidade e descanso perpétuo, aconteceu levantarem-se uns poucos de suas terras e meteram-se pelo sertão dentro.

Cardim

[*Do princípio e origem dos índios do Brasil e de seus costumes, adoração e cerimônias*. Texto que integra o volume *Tratados da terra e gente do Brasil*]

O padre Fernão Cardim, jesuíta, nascido em Évora, chegou ao Brasil em 9 de maio de 1583. Até 1585, viajou pela costa brasileira, entre Pernambuco e São Vicente. Sabemos que ocupava o cargo de reitor do colégio em Salvador, em 1590 e 1593; e que em 1596 era reitor no Rio de Janeiro.

Em 1598 foi eleito procurador da província do Brasil em Roma. Quando voltava dessa comissão, em 1601, o pirata Francis Cook abordou a urca flamenga que trazia Cardim, deteve o padre e apreendeu seus manuscritos – que por isso foram primeiro publicados em inglês, em 1625, mesmo ano da sua morte.

Embora tivesse retornado ao Brasil em 1604, onde viveu até morrer, não escreveu mais nada.

São, portanto, quinze anos de observações; particularmente sobre os tupinambá, já que parece ter residido mais tempo em Salvador e no Rio de Janeiro.

Dentre os jesuítas portugueses, é sem sombra de dúvida o melhor informante, no que respeita à cultura indígena.

Este gentio parece que não tem conhecimento do princípio do mundo, do dilúvio parece que tem alguma notícia, mas como não tem escrituras, nem caracteres, a tal notícia é escura e confusa; porque dizem que as águas afogaram e mataram todos os homens, e que somente um escapou em riba de um janipaba, como uma sua irmã que estava prenhe, e que estes dois têm seu princípio, e que dali começou sua multiplicação.

Sabem que têm alma e que esta não morre e que depois da morte vão a uns campos onde há muitas figueiras ao longo de um formoso rio, e todas juntas não fazem outra coisa senão bailar.

E têm grande medo do demônio, ao qual chamam *Curupira, Taguaigba, Macachera, Anhanga*, e é tanto o medo que lhe têm, que só de imaginarem nele morrem, como aconteceu já muitas vezes; não o adoram, nem a alguma outra criatura, nem têm ídolos de nenhuma sorte, somente dizem alguns antigos que em alguns caminhos têm certos postos, aonde lhe oferecem algumas coisas pelo medo que têm deles, e por não morrerem.

Não têm nome próprio com que expliquem a Deus, mas dizem que Tupã é o que faz os trovões e relâmpagos, e que este é o que lhes deu as enxadas, e mantimentos, e por não terem outro nome mais próprio e natural, chamam a Deus Tupã.

Não deixam criar cabelo nas partes de seu corpo, porque todos os arrancam, somente os da cabeça deixam, os quais tosquiam de muitas maneiras, porque uns o trazem comprido com uma meia lua rapada por diante, que dizem tomaram esse modo de são Tomé, e parece que tiveram dele alguma notícia, ainda que confusa. Outros fazem certo gênero de coroas e círculos que parecem frades; as mulheres todas têm cabelos compridos e de uns e outros é o cabelo corredio, é tanta a variedade que têm em se tosquiarem, que pela cabeça se conhecem as nações.

Depois de morto o lavam e pintam muito galante, como pintam os contrários, e depois o cobrem de fio de algodão, que não lhe parece nada, e lhe metem uma cuia no rosto, e assentado o metem em um pote que para isso têm debaixo da terra, e o cobrem de terra, fazendo-lhe uma casa, aonde todos os dias lhe levam de comer, porque dizem que, como cansa de bailar, vem ali comer.

E alguns andam tão contentes com haverem de ser comidos que por nenhuma via consentirão ser resgatados para servir, porque dizem que é triste coisa morrer, e ser fedorento e comido de bichos.

Determinado o tempo em que há de morrer começam as festas alguns dias antes.

Primeiramente têm eles para isto umas cordas de algodão de arrazoada grossura e levam-se ao terreiro com grande festa e alvoroço dentro de uns alguidares, onde lhes dá um mestre disso dois nós e depois a tingem com um polme de um barro branco como cal e deixam-nas enxugar.

O segundo dia trazem muitos feixes de canas bravas de comprimento de lanças e à noite põem-nos em roda em pé e pondo-lhes ao fogo ao pé se faz uma formosa e alta fogueira, ao redor da qual andam bailando homens e mulheres com maços de flechas ao ombro, mas andam muito depressa, porque o morto que há de ser atira com quanto acha.

Ao terceiro dia fazem uma dança de homens e mulheres, todos com gaitas de canas e batem todos a uma no chão ora com um pé, ora com outro, sem discreparem, juntamente ao mesmo compasso sopram os canudos e estas suas festas, afora outras que entremetem com muitas graças e adivinhações.

Ao quarto dia, em rompendo a alva, levam o contrário a lavar a um rio e entrando na aldeia, o preso já vai com o olho sobre o ombro, porque não sabe de que casa ou porto lhe há de sair um valente que o há de aferrar por detrás e às vezes o faz de maneira que, afastando-se o primeiro como cansado em luta, lhe sucede outro que se tem por mais valente homem.

Acabada esta luta sai com o coro de ninfas que trazem um grande alguidar novo pintado, e nele as cordas enroladas e bem alvas enquanto elas cantam os homens tomam as cordas, e metido o laço no pescoço lhe dão um nó simples junto dos outros grandes e feita uma roda de dobras as metem no braço a uma mulher que sempre anda detrás dele e por isso diz um dos pés de cantiga: "Nós somos aquelas que fazemos estirar o pescoço ao pássaro." Posto que depois de outras cerimônias lhe dizem noutro pé: "Se tu foras papagaio, voando nos fugiras."

Aquela manhã enfeitam o cativo depois de limpo o rosto o untam com o leite de certa árvore que pega muito, e sobre ele põem um certo pó de umas cascas de ovo verde de certa ave do mato, e sobre isto o pintam de preto com pinturas galantes, e untando também o corpo o enchem todo de pena, que para isso têm já picada e tinta de vermelho. E da mesma maneira que eles têm pintado o rosto o está também a espada.

O derradeiro dia dos vinhos fazem no meio do terreiro uma choça e naquela se agasalha, e sem nunca mais entrar em casa, e todo o dia e noite é bem servido de festas mais que de comer.

Ao quinto dia pela manhã a companheira o deixa, e se vai para casa muito saudosa e dizendo por despedida algumas lástimas pelo menos muito fingidas e posto em pé à porta do que o há de matar, sai o matador em uma dança, feito alvo como uma pomba com barro branco, e uma a que chamam capa de pena, que se ata pelos peitos, e ficam-lhe as abas para cima como asas de anjo e com as mãos arremeda o minhoto que desce à carne. Acabado isto vem um honrado, padrinho do novo cavaleiro que há de ser, e tomada a espada lha passa muitas vezes entre as pernas e a mete nas mãos do matador e lhe dá tantas até que lhe quebre a cabeça, morto o triste, levam-no a uma fogueira.

Anthony Knivet

[As incríveis aventuras e estranhos infortúnios de Anthony Knivet, 1625]

Knivet partiu da Inglaterra em 1591, integrando a tripulação da capitânea do famoso pirata Thomas Cavendish, que atacou e tomou a vila de Santos, no fim desse mesmo ano. Os piratas, no entanto, não conseguiram passar pelo estreito de Magalhães e, na volta, Knivet foi abandonado no litoral de São Paulo, onde foi escravizado pela família Correia de Sá. Aprendeu o português e o tupi. Percorreu muitos sertões do Brasil e só voltou a Lisboa em 1599, ainda como escravo.

[Capítulo 2]

Nossos homens estavam muito enfraquecidos e quase mortos de fome. Alguns índios morriam, espantados (alguns diziam) por um espírito que eles chamavam Curupira, que os matava, enquanto outros estavam possuídos por um espírito chamado Abaçaí. Aqueles que se viam atormentados por esse espírito pediam para terem as mãos e os pés amarrados com os fios dos arcos e para que seus amigos os açoitassem com as cordas que usavam para pendurar as redes de dormir. Mas mesmo com todos esses rituais não vi um só deles escapar depois que ficavam nesse estado.

[Capítulo 3]

Duas horas depois levaram um dos portugueses, amarraram-lhe outra corda à cintura e conduziram-no a um terreiro, enquanto três índios seguravam a corda de um lado e três do ouro, mantendo o português no meio. Veio então um ancião e pediu a ele que pensasse em todas as coisas que prezava e que se despedisse delas, pois não as veria mais. Em seguida veio um jovem vigoroso, com os braços e o rosto pintados de vermelho, e disse ao português: "Estás me vendo? Sou aquele que matou muitos do teu povo e que vai te matar." Depois de ter dito isso ficou atrás do português e bateu-lhe na nuca de tal forma que o derrubou no chão e, quando ele estava caído, deu-lhe mais um golpe que o matou.

Por fim chegamos a um lugar chamado Itaoca, que significa "a casa de pedra", e é o lugar mais protegido que jamais vi, pois era uma enorme rocha com uma abertura, como uma porta gigantesca, comparável a qualquer grande salão inglês.

Os índios dizem que São Tomé ali pregou aos antepassados deles. Ao lado há uma rocha do tamanho de quatro grandes canhões que se equilibra no chão sobre quatro pedras pouco maiores do que os dedos de um homem, feito galhos.

Os índios contam que esse foi um milagre que São Tomé realizou para eles, e que aquela pedra antes era de madeira.

Na beira do mar há também pedras enormes nas quais pude ver várias pegadas de pés descalços, todas do mesmo tamanho. Eles disseram que o santo chamava os peixes do mar e eles o escutavam.

[Capítulo 4]

Quando capturam um homem, não o matam. Ao invés disso, aquele que o capturou o dá a um irmão ou a um amigo para matá-lo. Quanto mais homens um índio mata, mais nomes toma para si. Quando matam um homem, pegam uma corda nova feita de lã de algodão e amarram o prisioneiro pela cintura.

Então aquele que deve matá-lo se aproxima com todas as suas esposas dançando, todo pintado de vermelho e elegantemente enfeitado com penas de muitas cores na cabeça, joelhos e braços, e segurando uma grande espada de madeira nas mãos.

Deste modo chega por trás daquele que deve morrer e desfere-lhe um golpe na nuca. Assim que o prisioneiro cai com o golpe, o índio arrebenta-lhe o crânio, e é quando o dão por morto.

[Capítulo 5]

Itaoca fica a uma légua ao sul do rio Saquarema. Como já disse na descrição da minha viagem, é um grande rochedo, oco por dentro, onde os índios dizem que rezou para eles o servo de Deus, que eles chamam de *Topanuayapera*. Em frente a esse rochedo, na direção do mar, jaz uma outra pedra plana que de certa forma se projeta na água e sobre a qual se podem ver pegadas de pés descalços.

Francisco Soares

[*De algumas coisas mais notáveis do Brasil*]

Há dois manuscritos anônimos das *Coisas mais notáveis*, escritos entre 1590 e 1596. Utilizei o mais extenso, conservado em Coimbra. A G Cunha e Serafim Leite consideram ambos da autoria do padre Francisco Soares, nascido em Ponte de Lima, que sabia tupi e conviveu com índios no Rio, em São Paulo, Espírito Santo e Bahia.

[cap. 20]

Sabem estes índios que o homem tem alma e depois de o homem morrer dizem que se há de tornar diabo, de que eles têm grande medo e chamam-lhe muitos nomes: cururupeba, anhanga, tagoypitanga. Alguns índios os têm nos caminhos pintados e dizem se não lhes oferecessem alguma coisa que hão de morrer e às vezes cuidam nisto e morrem por terem grande eficácia na imaginação.

Outros dizem que depois de morrerem vão suas almas a uns campos muito formosos cheios de árvores e figueiras e se ajuntam com outros doutra nação mas os veem afastados e que lá não há tristeza se não cantar e bailar junto do rio.

Têm notícia do dilúvio e dizem que todo mundo se alagou, só ficou um irmão e uma irmã prenha e que esta pariu e que se multiplicou tanta gente e a causa de haver dilúvio foi que deus se enojou e o tamanduá que chamam filho de deus subiu para o céu e levou uma enxada e do céu caiu e cavou tanto na terra que se abriram fontes e veio o dilúvio, dizem que deus faz os trovões.

O comerem carne humana foi que um irmão fez injúria ao cunhado, não o sofreu o cunhado, matou-o e comeu-o e assim se dividiram com guerras.

O fogo dizem que morreu um homem no mato e se ajuntaram os gaviões e lhe tiraram os olhos e um lhe trouxe o fogo que é um guaricujá e assou os olhos; nisto veio um filho e achou o pai morto e os pássaros fugiram e deixaram o fogo e daí ficou em uma certa casta de pau donde eles logo o tiram cada vez que querem ferir fogo tão presto como com qualquer fuzil. Outros dizem que do jacu, que é como galinha, ficou o fogo porque tem o papo muito vermelho.

As redes, louça e mais coisas dizem que as deu o tamanduá, de quem têm grande medo e deu aos tapuias mas em guerra lhe tomaram tudo.

O diabo dizem que é filho da lua que o fez em um lagarto. Jacaré e (sic)

[cap. 26]

Quando a lua é nova tomam um pau e dão na terra para não terem dores quando parirem e lavam-se em uma joeira.

Jácome Monteiro

[*Relação da província do Brasil, 1610*]

Outro jesuíta. Esteve no Brasil a partir de 1608. Escreveu da cidade da Bahia.

[Da notícia que tem o gentio desta costa do Brasil do dilúvio]

As almas têm para si serem imortais, as quais dizem que morrendo se tornam diabos, de que têm extraordinário medo; têm certas paragens nos caminhos, em que põem suas ofertas a estas almas endiabradas, e se não o fazem cuidam que hão de morrer, e vale tanto com eles esta imaginação que assim lhe acontece a muitos, que dela facilmente se deixam levar. E, posto que morram de doença natural, os mais dizem que João morreu por não oferecer presente aos diabos, ao qual comumente chamam anhanga ou tangui pitanga, macaxera etc.

No que toca à imortalidade da alma têm para si que despedindo-se do corpo vai parar em uns campos mui fermosos, talhados de rios, cobertos de arvoredos, e que ali se lhe ajuntam as de sua nação, para viverem sempre alegres e cantando; dizem mais que as outras nações se sentam também ao longo do rio nesta campina, mais apartados deles, que vem a dizer com a opinião dos poetas e seus campos Elíseos.

Têm clara notícia do dilúvio e praticam entre si como o mundo se alagara com perda de todos os homens, exceto um irmão e uma irmã, que sobre duas árvores escaparam, e que por seu meio se tornou a povoar o mundo, e que destes procedem eles e as demais gentes.

De haver dilúvio dão esta causa: dizem que o Pai Tupã, que era o senhor do mundo, por certas razões se anojou e levou o Tamanduaré, filho seu, ao céu, aonde dizem está, e que levando juntamente com ele todo o seu móvel, do alto lhe caiu a enxada, e do golpe, que deu na terra, se fez uma cova e dela arrebentaram as águas, que alagaram o mundo.

O mantimento com que os dois irmãos, acabado o dilúvio, se sustentavam, chamam eles camapu, que é uma erva semelhante à que chamamos moura; e acrescentam que indo ambos buscar os camapus para si e um seu menino, o Mairatupã vinha e dava de comer à criancinha, e que vendo os pais que quando tornavam ele não queria comer por estar farto, espreitaram-no e viram-no estar dando de comer ao menino; pegaram dele, ataram-no, e que para que o soltassem lhe deu, em concerto, o milho e mais legumes que eles plantam. E acrescentam que quando lhe deu o milho para o plantar o deu à mãe, donde nasceu serem elas e não os maridos as que plantam a mandioca, legumes etc.

Contam mais que o Tupã Maíra é senhor dos trovões, coriscos, relâmpagos. De Deus não têm conhecimento. Que há espírito sim, ao qual chamam Tupuxuara, que igualmente quer dizer espírito, assim bom como mau.

Dizem mais que este Maíra Tupã dividiu entre eles as línguas para que tivessem guerra com os tapuias, mas não sabem dar a razão delas.

O comerem-se uns aos outros teve princípio de um irmão injuriar a sua irmã, o marido da qual não o sofrendo o matou e o comeu e por isso se apartaram uns dos outros em diversas partes. O comer carne humana entre eles é mais por vingança que por gosto.

[De quem lhe deu o fogo]

Têm para si que os primeiros povoadores do mundo não usaram do fogo, e que só por sua morte se descobriu. Sucedeu pois o caso desta maneira. Ajuntaram-se todos os pássaros e se puseram sobre os defuntos: uns diziam que estavam vivos, outros que não. E para resolverem a questão se levantou o caracará e arranhou os rostos dos mortos até lhes arrancar os olhos e vendo-o a guaricuja, que é outra ave de rapina, da qual contam não comer carne senão assada, tendo fome foi buscar uns paus com os quais feriu fogo; e estando assando a carne destes primeiros homens, veio o filho a ver a sua mãe e tio, e vendo o fogo em que os assavam, arremeteu com eles e lhes tomou o fogo, e deles aprendeu a o ferir, e juntamente o para que servia. Sobre isto alevantam mil mentiras, e nelas não concordam. O pássaro guaricuja, senhor e autor do fogo, é entre os índios privilegiado e têm-no em tanta estima, que antes morrerão de pura fome que comer ou matar um deles;

e com outro, a quem chamam urubatinga, guardam a mesma lei por ser seu neto. Deste lugar onde se feria o fogo dizem o levou jacu para as partes do mundo, e que por este respeito tem o pescoço vermelho.

Abbeville

[*História da missão dos padres capuchinhos na Ilha do Maranhão e terras circunvizinhas*, publicada em 1614; tradução de Sérgio Milliet]

O padre capuchinho Claude d'Abbeville chegou ao Maranhão em 26 de julho de 1612 e retornou à Europa em 1º de dezembro do mesmo ano. Foi um dos missionários encarregados da catequese na França Equinocial, a segunda tentativa de colonização francesa no Brasil, terminada em 1616. Viveu apenas entre os tupinambá, que teriam chegado à região fugindo dos portugueses, desde o Rio de Janeiro. Excelente fonte.

[capítulo 11]

Japi-açu fez em sua língua o seguinte discurso: "Acreditamos ainda que por causa da maldade dos homens e para castigar-

-nos Deus fez o dilúvio, apenas escapando a este castigo um bom pai e uma boa mãe de quem descendemos todos. Éramos uma só nação, vós e nós, mas Deus, tempos após o dilúvio, enviou seus profetas de barbas para instruir-nos na lei de Deus. Apresentaram esses profetas ao nosso pai, do qual descendemos, duas espadas, uma de madeira e outra de ferro e lhe permitiram escolher. Ele achou que a espada de ferro era pesada demais e preferiu a de pau. Diante disso o pai de quem descendestes, mais arguto, tomou a de ferro. Desde então fomos miseráveis, pois os profetas, vendo que os de nossa nação não queriam acreditar neles, subiram para o céu, deixando as marcas dos seus pés cravadas com cruzes no rochedo próximo de *Potiiú* que tu vistes tão bem quanto eu..."

[capítulo 43]

Muitos desses índios ainda vivem e se recordam de que, tempos após sua chegada na região, fizeram uma festa, ou vinho, a que dão o nome de cauim e à qual assistiram os principais e os mais antigos, juntamente com grande parte do povo. Aconteceu que, estando todos embriagados, uma mulher esbordoou um companheiro de festa, disso resultando um grande motim que provocou a divisão e a separação do povo todo. Uns tomaram o partido do ofendido e outros o da mulher e de tal modo se desavieram que, de grandes amigos e aliados que eram, se tornaram grandes inimigos. Embora sejam todos da mesma nação e todos tupinambás, atiça-os o diabo uns contra os outros, a ponto de se entrecomerem.

[capítulo 49]

Um ou dois meses antes de matá-lo amarram-no tal qual os carrascos fazem aos prisioneiros.

Libertam o prisioneiro um dia ou dois antes da matança. Ao lhe tirarem então os ferros dos pés, dizem-lhe: "*ecoain, foge*". E o infeliz principia imediatamente a correr como se desejasse escapar. Mas os índios correm-lhe atrás e em poucos instantes está de novo preso o desgraçado.

Recapturado, o prisioneiro é amarrado a uma corda, pela barriga. É assim levado para a aldeia onde as mulheres lhe pintam o corpo todo com variegadas cores e o enfeitam de penas dão-lhe então comida e bebida à vontade. Passeiam-no em seguida pelas casas, choram-no e fazem-no dançar e saltar até fartar-se.

Enquanto isso os índios cauínam, dançam então e cantam por espaço de dois a três dias depois de que conduzem o prisioneiro até o local em que deve ser massacrado. Aí colocam junto dele frutos do tamanho de maçãs. Imediatamente o prisioneiro, que tem as mãos livres, agarra os frutos e atira com toda a força.

Um dos anciões toma de sua espada de madeira pintada e enfeitada com penas de diversas cores e com o corpo ornado de uma guarnição chamada *terabebé* (*aterabebe*), de plumas lindamente tecidas.

Entrementes o índio encarregado de matar o prisioneiro apresenta-se com o corpo inteiramente pintado de variegadas cores e todo enfeitado de penas.

[capítulo 51]

Às estrelas chamam de um modo geral *jaceí-tatá*. Entre as que conhecem particularmente há uma que denominam *sim-*

biare rajeiboare, isto é, maxilar. Trata-se de uma constelação que tem a forma dos maxilares de um cavalo ou de uma vaca. Anuncia a chuva.

Há outra a que chamam *Urubu*, a qual dizem tem a forma de um coração e aparece no tempo das chuvas.

A outra dão o nome de *seichu jurá*. É uma constelação de nove estrelas dispostas em forma de grelha e anuncia a chuva.

Temos entre nós a *poussiniere*, que muito bem conhecem e denominam *seichu*. Começa a ser vista, em seu hemisfério, em meados de janeiro, e mal a enxergam afirmam que as chuvas vão chegar, como chegam efetivamente pouco depois.

Há uma estrela a que chamam *tinguaçu*, e que é mensageira da precedente, aparecendo no horizonte quinze dias antes.

A outra, que surge também antes das chuvas dão o nome de *suanrã*. É uma grande estrela, maravilhosamente clara e brilhante.

Existe por outro lado uma constelação de várias estrelas que denominam *uenhomuã*, isto é, lagostim; aparece ao terminarem as chuvas.

A certa estrela chamam os índios *iaouäre*, cão. É muito vermelha e acompanha a lua de perto. Dizem, ao verem a lua deitar-se, que a estrela late ao seu encalço, como um cão, para devorá-la. Quando a lua permanece muito tempo escondida durante o tempo das chuvas, acontece surgir vermelha como sangue da primeira vez que se mostra. Afirmam, então, os índios, que é por causa da estrela *iaouäre*, que a persegue para devorá-la. Todos os homens pegam então seus bordões e voltam-se para a lua batendo no chão com todas as forças e gritando: "*Eycobé cheramoin goé, goé, goé; eycobé cheramoin goé*" O que significa: "Au au au boa saúde meu avô!". Entrementes as mulheres e as crianças gritam e gemem, e rolam por terra batendo com as mãos e a cabeça no chão.

Desejando conhecer o motivo dessa loucura e diabólica superstição, vim a saber que pensam morrer quando veem a lua assim sanguinolenta, após as chuvas. Os homens batem então no chão em sinal de alegria porque vão morrer e encontrar o avô, a quem desejam boa saúde. As mulheres, porém, têm medo da morte e por isso gritam, choram e se lamentam.

Conhecem também a estrela da manhã e chamam-na *jaceí tatá guaçu*, grande estrela.

Dão à estrela vespertina o nome de *pira-panen* e dizem que é quem guia a lua e lhe vai à frente.

Conhecem ainda outra estrela que se acha sempre diante do sol e lhe dão o nome de *yäpouykan*, "sentada em seu lugar". Com o início das chuvas perdem essa estrela de vista.

Conhecem também o cruzeiro, bela constelação de quatro estrelas muito brilhantes dispostas em cruz. Chamam-na *criçá*, cruz.

Há uma estrela que se levanta depois do sol posto. Como é muito vermelha dão-lhe o nome de *jandaí*, derivado de um pássaro assim chamado.

Conhecem também uma constelação de sete estrelas que tem a forma de um pássaro e a que chamam *iaçatim*

A outra constelação formada de muitas estrelas parecida com um macaco chamam *caí*.

A outra chamam *potim*, caranguejo, por ter a forma desse animal.

Tuivaé, homem velho, é como chamam outra constelação formada de muitas estrelas semelhante a um homem velho pegando um cacete.

Certa estrela redonda, muito grande e muito luzente, é chamada por eles *conomi manipoera uare*, o que quer dizer: menino que bebe manipol.

Conhecem uma constelação denominada *yandoutin*, ou avestruz branca, formada de estrelas muito grandes e brilhantes, algumas das quais representam um bico; dizem os maranhenses que elas procuram devorar duas outras estrelas que lhes estão juntas e às quais denominam *ouyra oupia*, isto é, os dois ovos.

Eíre apuá, mel redondo. é uma estrela grande, redonda brilhante e bonita.

Há uma constelação com a forma de um cesto comprido a que chamam *panacon*, isto é, cesto comprido.

Jaceí tatá uê é o nome de uma estrela muito brilhante em louvor da qual fizeram um canto.

Há uma constelação a que chamam *tapiti*, lebre. É formada por muitas estrelas à semelhança de uma lebre e por outras em forma de orelhas compridas, em cima da cabeça.

Tucon é o nome de outra estrela que se assemelha ao fruto do *tuconive*, espécie de palmeira.

Outra grande estrela brilhante é por eles denominada *tatá endeí*, isto é, fogo ardente.

A uma constelação parecida com uma frigideira redonda dão o nome de *nhaepucon*.

Conhecem ainda uma estrela a que chamam *caraná uve*, e muitas outras que deixo de mencionar.

Dão ao eclipse da lua o nome de *jaceí-puiton*, noite da lua.

Como a estrela *seichou* aparece alguns dias antes das chuvas e desaparece no fim para tornar a reaparecer em igual época, reconhecem os índios o tempo decorrido de um ano a outro.

[capítulo 52]

Em sua língua chamam a Deus Tupã; quando se verificam trovoadas, afirmam que Deus as envia, donde a denominação do trovão *Toupan-remimognan*, "Deus fez isto".

Reconhecem seu estado miserável e o atribuem ao fato de seu antepassado ter escolhido a espada de madeira e recusado a de ferro. E isso fez de nós os mais velhos e deles os mais moços, quando inicialmente era o contrário.

Acreditam que suas almas, que sabem ser imortais, ao se separarem do corpo vão para além das montanhas, onde se encontra o antepassado, o avô, num lugar chamado *ouäioupia;* aí, no caso de uma vida conforme aos bons costumes, vivem eternamente suas almas como num paraíso, saltando, cantando e divertindo-se sem cessar.

Essa vida que julgam boa não é aferida pelo bem julgam-se tanto mais honestos quanto maior número de prisioneiros massacram e acham covardes e efeminados os que não têm ânimo para isso; esses vão ter com Jurupari, que os atormenta eternamente.

Muitos foram maltratados pelo Diabo que lhes apareceu encarnado num de seus antepassados e discorreu acerca de suas misérias e dos meios de se libertarem; disse-lhes que fora como eles, mas que agora era puro espírito e que, se quisessem acreditar nele e segui-lo iriam todos para o paraíso terrestre dos caraíbas e profetas.

Yves D'Évreux

[*Viagem ao norte do Brasil*, feita de 1613 a 1614; publicada em 1615; tradução de César Marques e notas de Ferdinand Denis]

Évreux, padre capuchinho como Abbeville, também foi um missionário enviado pelo rei para catequizar os índios da França Equinocial. Também como Abbeville, é fonte importante, embora mais etnocêntrico que seu companheiro de batina.

[parte 1, capítulo 16]

Se acontece morrerem de moléstia estes escravos, sendo assim privados do leito de honra, isto é, de serem mortos e comidos publicamente, um pouco antes do seu falecimento levam-nos para o mato, lá partem-lhe a cabeça, espalham o cérebro e deixam o corpo insepulto e entregue a certas aves grandes, semelhantes aos nossos corvos, que comem os enforcados e os rodados.

[parte 1, capítulo 31]

Tomam o corpo, trazem-lhe o macinho de *petun*, seu arco, flechas, machado, foices, fogo, água, farinha, carne e peixe e o que em vida ele mais apreciava. Despedindo-se o incumbiam de dar muitas lembranças a seus pais, avós e amigos, que dançavam nas montanhas, além dos Andes, onde julgam ir todos depois de mortos.

Outros lhe recomendam muito ânimo no decorrer da viagem, que não deixem o fogo apagar-se, que não passem pela terra dos inimigos, e que nunca se esqueçam de seus machados e foices quando dormirem em algum lugar.

De vez em quando aí voltam as mulheres e perguntam à sepultura se ele já partiu.

[parte 2, capítulo 1]

Nossos pais já por tradição nos contaram que outrora veio aqui um grande *maratá* de Tupã, isto é, apóstolo de Deus, nas províncias onde residem, e lhes ensinou muitas coisas de Deus: foi ele quem mostrou a mandioca, as raízes para fazer pão, porque antes só comiam nossos pais raízes do mato.

Vendo este maratá que nossos antepassados não faziam caso do que dizia, resolveu deixá-los, mas quis dar-lhes um testemunho de sua vinda aqui, esculpindo numa rocha uma espécie de mesa, imagens, letras, a forma de seus pés, e dos seus companheiros, as patas dos animais que traziam, os furos dos cajados a que se arrimavam em viagem, o que feito, passaram o mar, procurando outra terra.

Reconhecendo nossos pais na falta, procuraram-no muito, porém nunca dele tiveram notícia, e até hoje ainda não veio visitar-nos algum maratá de Tupã.

[parte 2, capítulo 8]

Estes selvagens sempre chamaram a Deus Tupã, nome que dão ao trovão, à maneira do que se pratica entre os homens, isto é, terem as obras-primas o nome do autor. Note-se, porém, que este nome no singular não se aplica aos relâmpagos e trovões que rebentam e iluminam todas as partes, por cima da cabeça de selvagens, aterrando-os, porque sabem e reconhecem que eles são formados pela poderosa mão daquele que habita os céus.

Por intermédio do intérprete informei-me dos velhos do país, se eles acreditavam que este Tupã, autor do trovão, era homem como eles. Responderam-me que "não, porque se fosse um homem como nós, seria um grande senhor, e como poderia ele correr tão depressa do oriente para o ocidente, quando troveja ao mesmo tempo sobre nós e nas quatro partes do mundo, tanto na França quanto sobre nós? Demais, se fosse homem, era necessário que outro homem o fizesse, porque todo homem procede de outro homem. Ainda mais: *Jeropari* é o criado de Deus e nós não o vemos, ao passo que todo homem se vê, e por isso não pensamos que Tupã seja um homem".

"Mas – repliquei eu – o que pensais que ele seja?" "Não sabemos – responderam – porém pensamos que existe em toda a parte, e que fez tudo quanto existe. Nossos feiticeiros ainda não falaram com ele, pois apenas falam com os companheiros de *Jeropari*."

Chamam os bons espíritos, ou anjos, *apoiaueué*, e os maus, ou diabos, *uaiupia*. Pensam que os anjos lhes trazem chuva em tempo próprio, que não fazem mal às suas roças, que não os castigam nem os atormentam, que sobem ao céu para contar a Deus o que se passa aqui na terra, que não causam nem à noite e nem nos bosques, que acompanham e protegem os franceses.

Pensam que os diabos estão sob o domínio de *Jeropari*, que era criado de Deus, e que por suas maldades Deus o desprezou, não querendo mais vê-lo e nem aos seus, pelo que aborrecia os homens e nada valia; que os diabos impedem a vinda das chuvas em tempo próprio, que os trazem em guerra com seus inimigos, que os maltrata e lhes faz medo, habitando ordinariamente em aldeias abandonadas, especialmente em lugares onde têm sido sepultados os corpos de seus parentes.

Ouvi também dizer a alguns índios que, indo eles apanhar cajus em algumas aldeias abandonadas, saiu-lhes ao encontro Jurupari gritando com voz medonha, e chegou até o ponto de espancar alguns dos seus.

Dizem também que Jurupari e os seus têm certos animais, que nunca se vê, que só andam à noite, soltando gritos horríveis, que abala todo o interior (o que ouvi infinitas vezes) com os quais convivem, e por isso os chamam *soó jurupari* e creem que estes animais servem aos diabos ora de homens, ora de mulheres, e por isso nós os chamamos súcubos e íncubos, e os selvagens *cunhã jurupari* e *abá jurupari*.

Há também certos pássaros noturnos que não cantam, mas que têm um piado queixoso, enfadonho e triste, que vivem sempre escondidos, não saindo dos bosques, chamados pelos índios *uira jurupari*, e dizem que os diabos com eles convivem, que quando põem é um ovo em cada lugar, e assim por diante, que são cobertos pelo diabo, e que só comem terra.

Quis eu mesmo verificar o que eram esses pássaros de Jurupari e para isto fui caminhando de mansinho até meus ouvidos me levaram a pensar que lá estavam, pelo piado melancólico deles. Calculado o lugar aí fui no dia seguinte à tarde. Apenas anoiteceu aproximou-se este triste pássaro de mim e distante apenas dois passos saltando sobre a areia, e soltou seu canto medonho, o que não pude aturar. Saí logo do meu lugar e fui onde ele estava, e nada achei: sua configuração e tamanho era de uma coruja de França, e as penas pardas.

Creem na imortalidade da alma; quando no corpo chamam-na *an*; e quando deixa este para ir ao lugar que é destinado, *angüere*.

Creem que só as mulheres virtuosas têm alma imortal.

Pensam muito naturalmente que as almas dos maus vão ter com Jurupari, que são elas que os atormentam de concomitância com o próprio Diabo, e que vão residir nas antigas aldeias onde são enterrados os corpos que habitaram.

Pensam que as almas dos bons vão para um lugar de repouso, onde dançam constantemente sem nada lhes faltar.

[parte 2, capítulo 12]

Quando os selvagens veem certa espécie de lagartos, parecidos com os venenosos de diversas cores, correr para a água, pensam supersticiosamente que essa fonte é prejudicial às mulheres e que dela bebe Jurupari.

Chega esta superstição a ponto de acreditarem que estes lagartos atiram-se às mulheres, adormecem-nas e gozam-nas, ficando grávidas e parindo lagartos em vez de crianças.

[parte 2, capítulo 17]

Peguei na imagem de São Bartolomeu e lhes disse: "Olhai, veio a vossa terra esse grande maratá, e aqui fez muitas maravilhas, como por tradição vos contaram vossos antepassados. Foi ele quem fez talhar, à rocha, o altar, as imagens e as inscrições que ainda existem atualmente, como tendes visto. Foi ele quem vos deixou a mandioca, e vos ensinou a fazer pão, pois vossos pais, antes de sua vinda, comiam só raízes amargas dos matos. Como não quisestes obedecer, ele vos deixou, predizendo grandes desgraças e que ficaríeis por muito tempo sem ver Maratás."

[parte 2, capítulo 19]

Havia entre eles um grande feiticeiro, que entretinha com o diabo visíveis relações, e gozava de tal poder entre eles que todos lhe obedeciam. Aproveitou-se o diabo de tal ensejo para seduzir e enganar esta populaça, ensinando ao feiticeiro o que devia dizer-lhe para ela ir tomar posse de uma terra, onde tudo, fácil e sem trabalho lhe apareceria à medida de seus desejos.

[parte 2, capítulo 20]

No fim disse-me: "Estou muito satisfeito por me dizeres que Jeropari apenas era criado ou servo de Tupã; que finalmente não tem poder sobre os batizados."

Diálogos das Grandezas do Brasil

[escrito em 1618, autor anônimo]

[sexto diálogo]

Afirmam que têm por tradição de seus antigos passados que São Tomé lhes mostrara o uso da mandioca, de que se sustentam, que dantes não usavam dela, nem conheciam a sua qualidade.

Nos tempos passados houve um feiticeiro destes que afirmou aos índios que a terra, para o diante, havia de produzir os frutos de por si, sem nenhuma cultura nem benefício; portanto que bem podiam todos folgar e dar-se à boa vida, com se lançarem a dormir porque a terra teria cuidado de os acudir com os mantimentos a seu tempo.

Vicente do Salvador

[*História do Brasil*, livro 2, capítulo 7, de 1627]

Vicente do Salvador foi um frade franciscano nascido na Bahia. É, essencialmente, um historiador dos colonos, da vida oficial. Seu interesse pelos índios é praticamente nulo.

Também é tradição antiga entre eles que veio o bem-aventurado apóstolo São Tomé a esta Bahia, e lhes deu a planta da mandioca e das bananas de São Tomé, de que temos tratado no primeiro livro; e eles, em paga deste benefício e de lhes ensinar que adorassem e servissem a Deus e não ao demônio, que não tivessem mais de uma mulher nem comessem carne humana, o quiseram matar e comer, seguindo-o com efeito até uma praia donde o santo se passou de uma passada à ilha de Maré, distância de meia légua, e daí não sabem por onde. Mas, como estes gentios não usem de escrituras, não há disto mais outra prova ou indícios que achar-se uma pegada impressa em uma pedra em aquela praia, que diziam ficara do santo quando se passou à ilha...

Simão de Vasconcelos

[*Notícias curiosas e necessárias das coisas do Brasil*, 1668]

Foi principalmente um cronista da Companhia de Jesus. Como os demais jesuítas, teve pequeno interesse pelas coisas dos índios. Escreveu numa época em que a influência cristã era bastante sensível.

[livro 1, parágrafo 116]

Notam os anos da vida pelo setestrelo, que nasce em maio, a quem chamam Ceixu.

[livro 1, parágrafo 129]

Congregada na forma referida esta bárbara gente, vai saindo aquele valente soldado, que há de matar o contrário vem vestido a mil maravilhas, de penas assentadas em bálsamo, todo em contorno, desde a cabeça até os pés. Vem a cabeça coroada com um diadema vermelho aceso, cor de guerra.

[livro 2, parágrafo 14]

Tem contudo uns confusos vestígios de uma excelência superior, a que chamam Tupã pela qual razão têm grande medo dos trovões e relâmpagos, porque dizem que são efeitos deste Tupã por isso chamam ao trovão Tupaçununga e ao relâmpago Tupaberaba.

[livro 2, parágrafo 16]

Creem que há uns espíritos malignos de que têm grandíssimo medo. A estes chamam por vários nomes: Curupira aos espíritos do pensamento; Macaxeira aos espíritos dos caminhos; Jurupari, ou Anhangá, aos espíritos que chamam maus, ou diabos; Maraguigana (Maranguiguara) aos espíritos ou almas separadas, que denunciam morte, a quem dão tanto crédito, que basta só o imaginarem que têm algum recado deste espírito agoureiro, para que logo se entreguem à morte, e com efeito morram sem remédio. A estes fazem certas cerimônias, não como a deuses, senão como a mensageiros da morte; oferecendo-lhes presentes com certos pauzinhos metidos na terra; e têm para si que com estes se aplacam.

Apêndice
Esquema do rito canibal

O RESUMO ABAIXO REÚNE E condensa fundamentalmente as informações de Cardim e Thevet (constantes da História); as de Gabriel Soares e Abbeville, em caráter subsidiário; e algumas observações de Staden, Léry e Gândavo, como complemento.

Só constam do resumo os fatos que considerei relevantes para a restauração.

1
Um dos guerreiros fazia, em campo de batalha, um prisioneiro, que passava a lhe pertencer.

2
O prisioneiro era levado ao túmulo de algum parente do captor, para "renová-lo", o que incluía a limpeza dos objetos do morto lá depositados.

3

O prisioneiro, e futura vítima, recebia uma esposa, com quem podia ter filhos – que seriam também executados.

4

Depois de algum tempo em que o prisioneiro vivia como se fosse um membro da tribo, marcavam a data da execução.

5

No primeiro dia dos ritos anteriores à execução, a muçurana era pintada de branco e levada para a oca do captor da vítima.

6

Os homens que participariam dos ritos da execução tinham o corpo pintado com jenipapo e coberto de penas vermelhas, o rosto coberto com pó de casca de ovos verdes de inambu, a cabeça ornada com um cocar de penas.

7

Parte das mulheres se adornava como em 6, exceto pelo cocar.

8

Mulheres e homens enfeitados como em 6 e 7 dançavam, percorrendo as ocas.

9

Outro grupo de mulheres, indicadas pelo captor, se pintava de jenipapo.

10

A vítima tinha a parte da frente da cabeça raspada e o corpo e o rosto pintados de jenipapo.

11

As mulheres de 9 passavam a noite ao lado da vítima, entoando cantos de vingança.

12

No segundo dia, era acesa uma enorme fogueira, como uma cabana de bambus, em torno da qual homens e mulheres dançavam, com flechas apoiadas no ombro.

13

A vítima ficava a distância, atirando objetos.

14

No terceiro dia, dançavam homens e mulheres acompanhados de flautas, sem entoar cantigas e batendo com o pé no chão.

15

Na véspera da execução, a vítima era conduzida a um rio, onde lhe faziam a barba.

16

Na volta, a vítima era assaltada e lutava com um ou dois homens.

17

Não realizado o rito em 16, a vítima, na volta, era libertada e tinha que passar por um corredor formado por homens adornados como em 6, que acrescentavam o enduape a às vezes sapatos de algodão.

18

Depois de recapturado, a vítima era conduzida até um grupo de mulheres, que traziam a muçurana, com a qual ela era atada pelo pescoço, até a execução.

19

Uma mulher o conduzia e as demais cantavam: "Somos nós que estiramos o pescoço do pássaro" e "Se tu foras papagaio, voando fugirias".

20

A esposa da vítima seguia atrás, com um cesto de onde dava frutos de jenipapo e flechas rombudas, que ela atirava no resto da tribo, como vingança.

21

Algumas mulheres atiravam nela penas de papagaio, indicando que não poderia mais escapar da execução.

22

Algumas mulheres se emplumavam e punham enduape, simulavam combate e passavam de quatro em quatro diante da vítima, batendo com a mão na boca.

23

Outro grupo de mulheres trazia a ibirapema e adornava com casca de ovos verdes de inambu, dançando depois ao redor da arma, tudo diante da vítima.

24

As mesmas mulheres que ornaram a ibirapema pintavam o corpo da vítima com jenipapo e o cobriam de penas em geral vermelhas, tingiam os pés de urucum e enfeitavam o rosto com casca de ovos verdes de inambu.

25

A vítima cauinava com o resto da tribo e dançava com eles a "dança da corça".

26

No dia da execução, levavam a vítima ao centro da taba e passavam a muçurana do pescoço à cintura, quando sua esposa chorava e se despedia.

27

O matador saía da oca, com um cocar de penas às vezes amarelas, um "diadema" rubro, também de plumas, colares de conchas, braceletes e tornozeleiras de penas às vezes amarelas, enduape, manto de penas rubras sobre os ombros, rosto pintado de urucum e corpo de branco, ou de várias cores.

28

Os acompanhantes do matador vinham pintados de branco.

29

O matador imitava o ataque de uma ave de rapina.

30

Um grupo de mulheres trazia a ibirapema e passeava com ela, para que os homens pudessem tocá-la.

31
A ibirapema era entregue ao matador.

32
Um ancião, ornado com um aterabebé, retomava a arma, a passava entre as próprias pernas, fazia discurso para a vítima e devolvia a ibirapema ao matador.

33
O matador insultava a vítima, que respondia no mesmo tom, sem mostrar medo, afirmando que seus parentes iriam vingá-lo.

34
O matador dava golpes para derrubar a vítima, sendo o último na altura da nuca, quando esta se considerava morta.

35
O matador, evitando pôr os pés no solo, às vezes com sapatos de algodão, passava pelo meio de um arco distendido diante da entrada da sua oca pelo ancião que consagrou a ibirapema e se recolhia à rede, onde ficava por alguns dias, sem comer alimento salgado e bebendo apenas água.

36
O corpo da vítima era retalhado e comido.

37
Dias depois, o matador anunciava seu novo nome e recebia no corpo incisões de dente de cotia.

Posfácio

Nosso destino é ser onça

INCONTÁVEIS SÃO AS HISTÓRIAS QUE narram a origem do mundo. Criação, destruição, recriação – eterno retorno. Céu de pedra, ciclos lunares. Nos rastros inventivos e enigmáticos de Alberto Mussa está o mito tupinambá restaurado, narrativa fundamental para a compreensão dos rituais antropofágicos que estruturavam a vida social dos antigos tupinambá (núcleo deste *Meu destino é ser onça*). O mito pode ser lido como um mosaico de cosmovisões de nações indígenas que habitavam (e habitam) o Brasil há milhares de anos. Nossa história não foi iniciada em 1500, com a invasão portuguesa; temos raízes mais profundas, que viajam alguns milênios atrás, desfiando e tramando sagas com lutas e heróis, desafiando e reencantando a vida.

Sabemos, dadas as cicatrizes do mundo, que não há criação sem conflito, qualquer mito fundacional tem as suas disputas. Narra o texto de Mussa que o avesso de Maíra, Sumé, detinha muitos poderes – entre eles, o de se transformar em onça – e um não existia sem o outro. Poxi, parente de Maíra, foi morar no céu e virou Cuaraci, senhor do cocar de fogo – a origem do Sol, que iluminou as trevas. Jaci, um dos filhos do enigmático Andejo, virou a Lua depois de derrotar uma aldeia de jaguares, parentes de Sumé. Maíra, transmutado em curumim, legou à terceira humanidade o cultivo do solo – culto e cultura. Sumé, destemido caraíba, saltou oceanos e sangrou o firmamento, misturando-se ao Setestrelo. Ruge, voraz, no céu, perseguindo eternamente a Lua, a fim de vingar seus parentes. Por isso é preciso comer o inimigo: vingar é sobreviver, devorar é tornar-se outro. Diferonça e Vingonça.

Símbolo vivo dos rituais antropofágicos, é a onça um amuleto-chave para que sejam pensadas as disputas identitárias brasileiras e a nossa eterna capacidade de devorar para recriar – e renascer, rebrotar, revidar, deglutir. Insurgência e potência! Hoje, quando, à luz das fogueiras decoloniais e contracoloniais, discutimos o retorno ao Brasil dos mantos tupinambá raptados pelo Velho Mundo, vemos a onça, ser sagrado, expressar as lutas de muitas causas e gentes – devir-animal, pensamento selvagem, outridade, perspectivismo, devo(ra)ção, pluriverso, levante, carne de carnaval. Cajados cujas batidas no solo acidentado do presente levantam a poeira dos destroços do progresso e anunciam o adiamento do fim do mundo; mantos que são reconstruídos com fios de sonhos e penas de afeto, corpos-telas na arte espiralar de Glicéria Tupinambá.

No Brasil, terra indígena, continuamos a ritualizar as nossas múltiplas identidades, rebrotando nas frestas, fazendo festa. O enredo do G.R.E.S. Acadêmicos do Grande Rio, agremiação da cidade de Duque de Caxias, na Baixada Fluminense, para o desfile de carnaval do Grupo Especial do Rio de Janeiro de 2024, deglute e desdobra o mito – tinta de jenipapo, pena da encantaria.

Nosso destino é ser onça traduz a construção literária de Mussa em fantasias e alegorias. Assim, ao som do samba de enredo, canto ancestral e comunitário, mostra ao mundo inteiro as facetas de um Brasil de brasilidades historicamente deturpadas ou mesmo retiradas dos livros didáticos e das prateleiras literárias – moenda de violências. Caldo cultural que entorna, manto que se transforma: os corpos e as corpas que sambam na Avenida reinventam a existência, rasuram a "História" mofada e agarram novas perspectivas e saberes. Não mais o exótico e não mais os ranços da colonialidade; nas encruzilhadas festivas, a busca do eterno e a voz trovejante. Poeira de estrelas, transe. Sob o brilho da Onça celeste!

Gabriel Haddad e Leonardo Bora,
carnavalescos do G.R.E.S. Acadêmicos do Grande Rio

Este livro foi composto na tipografia
Chaparral, em corpo 11/14,7, e impresso em
papel off-white no Sistema Digital Instant Duplex
da Divisão Gráfica da Distribuidora Record.